中国古典诗词精品赏读

苏轼

董森 杨卓 著

五洲传播出版社

图书在版编目（CIP）数据

苏轼 / 董森，杨卓著 . —— 北京 ：五洲传播出版社，2015.10

（中国古典诗词精品赏读书系）

ISBN 978-7-5085-3258-5

Ⅰ . ①苏… Ⅱ . ①董… ②杨… Ⅲ . ①苏轼（1036～1101）

－宋词－诗歌欣赏 Ⅳ . ① I207.23

中国版本图书馆 CIP 数据核字 (2015) 第 252770 号

出 版 人　荆孝敏
著　　者　董　森　杨　卓
责任编辑　王　峰　王　莉
图片编辑　蔡　程
装帧设计　紫航文化

出版发行　五洲传播出版社
地　　址　北京市海淀区北三环中路31号生产力大楼B座6层
邮政编码　100088
电　　话　010-82005927 82007837（发行部）
网　　址　www.cicc.org.cn www.thatsbooks.com
制　　作　北京紫航文化艺术有限公司
印　　刷　北京凯德印刷有限责任公司
版　　次　2017年6月第1版　2017年6月第1次印刷
开　　本　710mm×1000mm　1/16
印　　张　10.5
字　　数　140千字
书　　号　ISBN 978-7-5085-3258-5
定　　价　49.80元

编者的话

中国在历史上是一个"诗歌的国度",古典诗词是中国传统文化的珍宝。早在三千年前,我们的祖先就创作出了以"诗三百"为代表的优秀诗篇。此后每个历史年代,诗歌创作都结出丰硕的成果,其中不少名篇名句,脍炙人口,传诵至今。这套"中国古典诗词精品赏读"书系,选取了历史上最具代表性的诗人、词人的优秀作品,并加以详尽通俗的译注、评解,试图由此将古代中国人创造的最可珍贵的文化瑰宝介绍给当代海内外读者。

以"国风"为代表的《诗经》和以《离骚》为代表的楚辞,无论是在思想内容上还是在艺术手法上,都对中国后世诗坛产生了深远影响。中国诗歌至唐代而达到高峰,呈现出后人所称誉的"盛唐气象"和"少年精神",而从李白、杜甫等诗人身上,从他们留下的诗歌中,不难看出"风""骚"以来优秀传统的回响。他们都有强烈的现实关怀,关注国家、社会、民生等问题;而这种主题,往往是诗人通过自己的人生境遇和心灵历程去感悟，通过描绘自然界山川万物、人间世事民情来体现的。在唐诗的辉煌之后发展起来的宋代诗歌，成就也相当高，但最能表现此年代文学特殊成就的是词。宋代优秀的词家把这种长短句诗体运用到出神入化的地步，那或慷慨激昂、或委婉凄清的词作，今天读来仍有强烈的艺术感染力。可以说，唐诗宋词是中国文学史上最有神采的篇章。本书系介绍的诗人、词人，如东晋的陶渊明，唐代的李白、杜甫、王维、白居易、李商隐，五代南唐的李煜，宋代的苏轼、李清照、辛弃疾等，都是中国诗歌史上耀眼的星座。

中国古代诗歌注重抒情、写景，善于表现友情、亲情、爱情、乡情，以及其他复杂细微的个人情感。这形成中国诗歌又一个强大的传统。在儒家思想影响下，中国诗歌几乎从一开始就具有"发乎情，止乎礼义"的特点，情感的表达比较克制、内敛、含蓄，有别于西方的诗歌风格。与此同时，中国诗人们又强调"含不尽之意见于言外"，善于通过各种艺术手法传达言外之意，给读者以无穷的回味、想象空间。古代诗词中的优秀之作往往写得深情宛转，富于形象性和音乐性，诵读这些诗词，可以受到多层次的艺术感染和美的熏陶。古典诗词还善于表现自然之美及人与自然的融合。古人常说"诗中有画，画中有诗"，本书系中的每首作品，都配以与诗词意境相呼应的优秀传统中国画。由此，本书系的每一本书不仅引导读者欣赏、涵泳中国古典诗歌佳作，同时也带着读者一起领略中国传统绘画的魅力。通过欣赏这些诗、画，可以更深刻地领悟到中国古代艺术作品中的诗情画意，品味其艺术之美。

除了"诗情画意"的特色外，本书系以各位诗人、词人单独成册，以更清楚地展示其不同的个性和艺术风格；各分册包括诗人小传与作品赏析两部分。对每篇作品的赏析，又分为题解、句解、评解三个章节：题解交代创作背景；句解用现代语文对诗词进行逐句意译，对某些难懂的字词作注释；评解部分则提要钩玄，对作品特色进行点评。我们的本意，首先是帮助读者减少阅读中的文字障碍，继而是理解诗词的思想内容、艺术特色和写作技巧。

中国古代经典诗篇把汉语升华到至美至纯的境界，足以使每个中国人感到自豪。这些作品是联接所有炎黄子孙思想、情感的文化纽带，无论身在国内，还是身在海外，优秀的诗歌对读者的感召力都是相通的。一个喜爱祖国传统文化的人，可能会不断地接触和学习祖先的这些遗产。久而久之，这些优秀文化中的一部分会积淀下来，构成每个人头脑中一道美丽的艺术长廊，不断给人以教益、激励和艺术享受。我们期望，本书系所介绍的诗词名篇能够成为这道艺术长廊的组成部分。

本书系所介绍的诗人、词人，都各有很多传世名篇，限于篇幅，书中每人只选取了二三十首代表作品。限于编辑水平，书中会有种种不尽如人意之处，敬请读者朋友提出宝贵意见。

目 录
CONTENTS

中国古典诗词精品赏读

苏 轼 简 介

　　苏轼，字子瞻，一字和仲，四十六岁以后自号东坡，眉州眉山（今属四川）人。苏轼生于宋仁宗景祐三年（1036）十二月十九日（按公历当是1037年初），卒于徽宗建中靖国元年（1101）七月。

　　苏轼出生在一个富有文学修养的家庭。祖父苏序虽为平民，但富有远见卓识，非常注重子孙的教育。父亲苏洵二十七岁才发愤读书，悉心研读诸子之学，最终成为著名的古文家。母亲程夫人出身书香门第，知书达理，仁惠贤淑。苏洵早年外出游学求取功名，便由夫人教导苏氏兄弟读书。程夫人教子有方，常以古代志士的事迹勉励儿子砥砺名节。

宋仁宗嘉祐元年（1056），二十一岁的苏轼与弟弟苏辙一起跟随父亲离开家乡，前往京城开封参加进士考试。兄弟二人顺利通过了同年八月的举人考试。次年初举行的礼部考试试题是《刑赏忠厚之至论》，苏轼这篇仅六百余字的答卷，见解独到，说理透辟，笔力稳健，文风质朴自然。正在倡导诗文革新运动的主考官欧阳修看过此文后大为惊喜，想要把它列为第一，又担心是自己的学生曾巩所作，为"避嫌"起见，降为第二。三月，礼部考试合格者参加殿试，仁宗亲临崇政殿主持策问，苏轼兄弟同科进士及第。这一年苏轼二十二岁，苏辙十九岁。才华出众、气宇轩昂的两兄弟给皇帝留下了深刻的印象。据说殿试结束后，仁宗皇帝回到后宫十分高兴，对皇后说："我今天为子孙得了两个太平宰相。"

苏轼的才华受到欧阳修的高度赞赏。他曾对人说："读轼书，不觉汗出。快哉！快哉！老夫当避此人，放出一头地也。可喜！可喜！"并预言苏轼将来必定会超过自己，成为文坛的执牛耳者："更三十年，无人道着我也！"苏氏父子一时名噪京城，文名远播。

苏轼的宦途正要开始，就在此时，家乡传来噩耗，程氏夫人因操劳过度，于四月病故。苏轼父子闻讯悲痛欲绝，日夜兼程赶回眉山。从嘉祐二年（1057）六月起，苏轼便在家为母亲守丧。直到嘉祐四年（1059）十月服丧期满后，苏轼父子才带领全家应诏前往京城。

嘉祐五年（1060）三月，苏轼被礼部任命为河南府福昌县主簿，苏辙也被任命为河南府渑池县主簿，都是办理文书事务的九品官。因第二年要举行制科考试，兄弟二人都没有赴任。嘉祐六年

（1061）八月，苏轼考取"贤良方正能直言极谏科"第三等，由于一、二等为虚设，所以第三等实际上是最高等级。考试完毕后，苏轼被授大理评事，签判凤翔府（今陕西凤翔），从此踏入仕途，时年二十六岁。

凤翔三年，苏轼为政勤勉，深入府属各县访察，为百姓做了不少好事。初次为官的苏轼，既增长了地方治理的经验，同时也开始体会到宦游生活的沉重乏味、理想与现实的反差。嘉祐八年（1063）仁宗去世，英宗继位。因久闻苏轼文才，英宗即位不久即召苏轼回京，任职史馆，授直史官。这个职位虽无重权，却是一个清要之职。正在苏轼仕途顺利之时，家庭不幸又接踵而至。英宗治平二年（1065）五月，恩爱的妻子王弗因病去世，年仅二十七岁。紧接着，第二年四月，父亲苏洵也病逝于京城。苏轼、苏辙兄弟护送灵柩回到眉山老家。这也是苏轼最后一次回到故乡。

苏轼在家守丧期间，朝廷的政局也在发生变化。治平四年（1067），英宗逝世，二十岁的神宗即位。年轻的皇帝锐意改革，希望彻底改变国家积贫积弱的现状。熙宁二年（1069），神宗启用王安石为参知政事，次年拜相，主持变法。由于变法的程度过于激进，引起了保守势力和主张稳健改革者的反对，影响苏轼命运的长达数十年的党争，由此发端。

苏轼一贯主张稳健、渐变的政治方针，熙宁二年还朝后，在政见上与王安石多有不合，以王安石为首的新党因此大为不满。神宗赏识苏轼的才能，很重视他的奏对见解，这对新党来说不啻为一个不小的威胁。由于苏轼再三批评新法，神宗皇帝也渐渐心生不满，这使得朝中小人有了可乘之机。很快，有人上疏诬告苏轼兄弟在居丧期间利用官船贩卖私盐、木材等，虽然最后查无实据，不了了之，但苏轼已经感受到了人心的险恶和情势的危急，为求自保，随即请求外任，以离开京城这个政治斗争的漩涡。

熙宁四年（1071），苏轼被任命为杭州通判（知州的助理官）。七月，苏轼携继室夫人王闰之和两个儿子离京上路。途经陈州，与苏辙一家相聚，并与苏辙同行到颖州（今属安徽阜阳）拜望致仕的老师欧阳修。这是两位文坛巨匠的最后一次相见，第二年欧阳修便溘然长逝。苏轼万分悲痛，但因公务缠身，无法前往吊唁，于是写下《祭欧阳文忠公文》，寄托自己深切的哀悼之情。终其一生，苏轼对欧阳修都念念不忘，直到老年，他还常常向门人提起恩师的言谈教诲。

杭州美丽的湖光山色冲淡了苏轼内心的烦恼和抑郁，也唤醒了他内心深处对大自然的热爱。在杭州期间，除了本着仁民爱物的胸怀尽心竭力地为百姓奔波操劳外，他时常陶醉于自然山水中。由于生性豁达，开朗诙谐，不管是文人雅集还是群众游乐，总能看到他的身影。他还喜欢穷幽览胜，参访名山古刹，结交了不少得道高僧。杭州的三年，苏轼写下了许多描绘西湖胜景的美丽诗篇，同时也记下了百姓的疾苦和他们的哀乐。据今人研究，苏轼也正是从这一时期开始填词，但词风基本上是沿袭传统的路径。

杭州任满后，熙宁七年（1074），苏轼被改调密州（今山东诸城）任知州。密州地处偏僻，文化闭塞，景物寥落，和杭州不可同日而语。清苦和寂寞的生活虽然让人郁郁寡欢，但比起京城的党争来却要好得多，他在诗中说："为郡鲜欢君莫叹，犹胜尘土走章台。"（《次韵刘贡父李公择见寄二首》之一）苏轼到任后不久，密州就发生了严重的蝗灾，他指挥百姓灭蝗，上书要求朝廷减免秋税，并虔诚地斋戒吃素，为民祈福。

密州是苏轼思想发展史的重要时期。在孤寂和苦闷的处境中，他开始寻求旷达超然的自我解脱方式。与此相应，词的创作也突破了旖旎婉约的传统，无论题材内容还是意境风格都表现出"以诗为词"的特征；内容上不拘成法，"无意不可入"；境界则阔大明朗，飘逸豪放，为中国词史掀开了新的一页。

熙宁九年（1076）底，苏轼改知河中府（今山西永济西）。不久，朝廷又改派他为徐州（今江苏徐州）知州。苏轼到任徐州不足三个月，就遇到了黄河决口。他积极组织民众救灾，并加固堤防，疏浚河道。他的另一德政是找到优质煤炭，为百姓解决了生活难题。徐州本是人文荟萃之地，苏轼此时又是文坛上的风云人物，因此徐州本地和外地的文人士子都争相与苏轼交往。黄庭坚、秦观、晁补之、陈师道等先后求列于苏轼门下。尽管不容于朝廷，但宾客盈门，士林爱戴，苏轼在徐州的生活还是比较顺遂的。

元丰二年（1079），苏轼移任湖州（今属浙江）。此时王安石已离任退居江宁（今属江苏南京）。朝中小人当道，朝廷中的斗争已不再以变法和反变法为重心，而多沦为官场上的互相迫害倾轧。朝廷的新贵们从苏轼的政绩中挑不出什么毛病，便在他写的文字中寻找把柄。这年七月，朝廷忽然派人前来将苏轼逮捕，因为有人从苏轼的诗歌和奏章中寻章摘句，罗织莫须有的"包藏祸心""指斥乘舆""谤讪先帝"等罪名，要求皇帝将苏轼处以"大诛"之罪。苏轼被押至御史台，经过两个月的严刑逼供，精神和肉体上都受到了难以言喻的凌辱和折磨，最终"罪名"成立，只等皇帝判决。御史台又称乌台，这就是历史上有名的"乌台诗案"。

苏轼下狱，爱戴他的地方百姓闻之伤心，朝野的正直士大夫，包括持不同政见的王安石，也都纷纷为之不平；一些人上书劝谏皇帝，连病中的曹太后（仁宗皇后）也出面干预。经过多方营救，至此年年底，苏轼终于得以免除死罪，被贬为黄州（今湖北黄冈）团练副使，实际是作为罪人被监管在黄州。

"乌台诗案"对苏轼的打击非常沉重，他的生活、思想和创作由此发生了重大的改变。在黄州，好友马梦得为苏轼申请了城东荒地供其生活。苏轼对自己亲手垦殖的土地产生了深厚的感情，并以此地自号"东坡"。此时的苏轼虽然没有放弃儒家经世济民思想，但由政治上的逆境而产生了对整个人生的困惑和怀疑。在他的思想中，佛老的清净无为、超然世外逐渐占了上风，这也使得他能够以更加超脱的态度看待人生的种种遭遇。虽然这场文字狱使他下笔小心了不少，但黄州依然是苏轼创作上一个辉煌的丰产时期。他寄情山水，在对大自然的感悟中淡化和超越人生的苦难，体现在诗、词、文赋的创作中，透露出一种寻求解脱的精神追求。

元丰八年（1085），神宗病故，即位的哲宗只有十岁，由宣仁高太后（英宗皇后）听政。高太后倾向旧党，起用旧党人物司马光、吕公著等人，全面废除王安石新法，史称"元祐更化"。高太后十分器重苏轼，先后起用他为礼部郎中、起居舍人、中书舍人、翰林学士知制诰。元祐二年（1087），苏轼再次被提升为翰林学士兼侍读。一年多的时间，苏轼的官运可谓顺畅至极。但苏轼坚持自己的政见，既反对新党的过激变法，同时又反对旧党对待新法全盘否定的做法，主张"参用所长"，其后果是很快遭到新、旧两党的不满和忌恨。这种无休止的政治斗争让苏轼感到十分厌倦，他多次上书请求外任。

元祐四年（1089）三月，苏轼出任杭州知州。十五年后再次至杭，"江山故国，所至如归，父老遗民，与臣相问"（《杭州谢表》）。他勤政爱民，开浚西湖，赈济灾民，兴建医坊，为百姓做了许多好事。此后的元祐六、七年间，他数次被召回京，但都深感朝廷不可久留，因此又多次自请外放。苏轼在朝期间，主持过学士院考试和进士贡举。他像恩师欧阳修一样，积极拔擢后进，黄庭坚、秦观、张耒、晁补之、陈师道等才士云集京都，一时文坛兴盛，苏轼成为文坛当之无愧的盟主。这为北宋后期文学的发展开创出一个新的局面。

元祐八年（1093），高太后去世，十九岁的哲宗亲政。哲宗重新起用新党，大力打击"元祐党人"。绍圣元年（1094），哲宗在苏轼政敌的鼓动下，又以"讥斥先朝""谤讪先帝"等罪名，将年近六旬的苏轼贬谪到千里之外的岭南英州（今广东英德），尚未到任，又被贬为宁远军节度副使，到惠州（治所在今广东惠阳）安置。尽管屡受打击，但苏轼仍旧保持着乐观的精神，写下了"日啖荔枝三百颗，不辞长作岭南人"这样旷达的句子。

绍圣四年（1097），朝廷仍不放松对他的打击，又将他流放到天涯海角的儋州（今属海南）。那里瘴疠肆虐，几近蛮荒。此时的苏轼早已看淡了世间的荣辱，但始终没有放弃儒家的济世精神。他积极改善当地的状况，奖励农业生产，传播文化知识，破除陋习，培养人才。

惠州、儋州时期，条件最为艰苦，但苏轼的文学创作却获得了再次丰收。这时期他的思想和创作是黄州时期的继续和发展。佛老思想再次成为他思想的主导，他的诗词中常常流露出随遇而安、放达自适的人生态度。但是与黄州时的寄情山水不同，此时苏轼的思想已经完全成熟，随缘自适不再是苦苦追求的理想，而完全成了自身生命的一部分。他把这样一种精神的关照投诸平常生活，投诸一草一木，从琐事中也能发现无穷的生机和乐趣。也正因为如此，恬淡自适的陶渊明最受晚年东坡的喜爱，他写了大量的和陶诗与书札散文。这些作品恬淡、超拔、精深、华妙，成为他一生创作的最后辉煌。

元符三年（1100），哲宗去世，徽宗即位。六十五岁的苏轼获赦北还，结束了七年的岭南生涯。艰苦卓绝的环境并没有磨灭苏轼的精神意志，豁达的性格也丝毫没有改变。他在《六月二十日夜渡海》中仍旧豪迈地说："九死南荒吾不恨，兹游奇绝冠平生。"

建中靖国元年（1101）五月，苏轼为自己的画像题了一首诗："心如已灰之木，身似不系之舟。问汝平生功业，黄州惠州儋州。"这是苏轼对自己一生的总结，是愤懑，是旷达，是自嘲，还是感慨？个中滋味实在是一言难尽。这年七月二十八日，回京途中的苏轼在常州与世长辞，终年六十六岁。

苏轼从年轻时便怀抱经国之志，但终其一生都未能施展抱负。他的一生因为政治而屡遭坎坷和不幸，但这使得他更加深刻地理解了社会和人生，也大大地丰富和深化了他的文学作品的内蕴，成就了他卓越的文学事业。

苏轼的文学成就是多方面的。在散文创作方面，他是继欧阳修之后宋代古文运动的领袖。他和欧阳修一起，树立了平易畅达、简洁明快的散文风格，成为后世散文家学习的典范。他的议论文雄健奔放、辨析周密，且善于翻奇出新；记和书序则将散文抒情、叙事、议论的功能结合得水乳交融，具有相当高的文学价值；他的随笔小品更是一绝，信笔写成，娓娓道来，既生动活泼又朴素隽永，有一种令人不忍释卷的魅力；他的辞赋也取得了相当高的成就，《赤壁赋》和《后赤壁赋》即是明证。

苏轼的诗现存有两千七百多首，其诗歌的表现力非常惊人，几乎没有不能够入诗的题材。苏轼诗歌的总体风格是自然奔放、挥洒自如。他博学才高，对诗歌艺术的掌握达到纯熟的境界。诗中比喻生动新奇，用典稳妥浑成，对仗精工而不失活泼，做到了运用技巧而不露锻炼之痕。

苏轼在词的创作上取得了非凡的成就，对词体的革新意义尤其重大。他突破了词为"艳科"的传统格局，不仅大大拓展了词的题材内容，用词来记游、赠答、怀古、说理，使之成为"无意不可入，无事不可言"的文体形式；而且将柔情之词变为性情之词，使词像诗一样可以表现作者的性情怀抱，甚至寄寓理性的思考，从而提高了词的品格境界和地位；同时，他还突破了音乐对词体的制约和束缚，使之变成一种独立的抒情诗体，强化了词的文学性，创造了新的美学规范，为词的创作拓宽了道路。

苏轼是一个艺术全才。他的书法"端庄杂秀丽，刚健含婀娜"，被公认为北宋四大书家"苏黄米蔡"之首。他的绘画也富有创意，爱画竹木怪石，与文同、米芾等开创了墨戏一派。

苏轼在中国思想、文学、艺术、文化上的影响是极为广泛而又深远的。他那宠辱不惊、进退自如的人生态度，成为后代文人景仰的人生范式；他那非凡的文艺见解和不朽的艺术创作，为后代提供了取之不竭用之不尽的精神宝藏；他还以幽默机智、和蔼可亲的形象活在普通民众的心中，关于他的各种传说故事都是人们喜闻乐道的话题……总之，苏轼是说不尽的，他值得人们用一生去喜爱，去思索，去体味。

《四景山水图》局部　南宋·刘松年

沁园春

孤馆灯青，野店鸡号，旅枕梦残。

渐月华收练，晨霜耿耿；云山摛锦，朝露漙漙。

世路无穷，劳生有限，似此区区长鲜欢。

微吟罢，凭征鞍无语，往事千端。

当时共客长安，似二陆初来俱少年。

有笔头千字，胸中万卷；致君尧舜，此事何难。

用舍由时，行藏在我，袖手何妨闲处看。

身长健，但优游卒岁，且斗尊前。

题解

这首词一本有副题《赴密州早行马上寄子由》。熙宁七年（1074），苏轼杭州三年任满，改任密州（今山东诸城）知州。九月，离杭赴任。当时其弟苏辙在济南任职，苏轼原打算绕道前去看望，但没能如愿。十月，他在去密州的途中写下此词以寄苏辙。

《烟江叠嶂图》局部　明代·文徵明

句 解

孤馆灯青，野店鸡号，旅枕梦残

这三句交代了作者在途中动身时的情景。黎明时分，万籁俱寂，荒村小店突然传来阵阵鸡鸣，将作者惊醒。北方的十月，天亮得较晚，他点上了一盏灯。此时，馆舍孤清，灯光微弱，枕上残梦依稀，看上去一切都是冷冷的。词一开头，就渲染出凄清的氛围，烘托出作者孤寂的情绪。这和唐代诗人温庭筠笔下"鸡声茅店月，人迹板桥霜"（《商山早行》）的意境十分相似，但这里的感伤情绪更重。

渐月华收练，晨霜耿耿；云山摛锦，朝露溥溥

天上，残月一点一点收起洁如丝帛的清辉，落了下去；地上，晨霜铺地，映现着微弱的光芒。随着早行人的脚步，天色渐渐亮了起来。远处，云雾缭绕的山峦像锦绣般铺展开来；近处，树叶上、草丛间到处凝结滚动着晶莹清冽的露珠。

这四句写早行途中所见。"月华""晨霜""云山""朝露"均由"渐"字统领，具有明显的时间流动感，构成一幅完整的深秋晓行图。"月华"，指月光。"练"，白色的丝帛。"耿耿"，微光。"摛"，铺开，舒展。"溥溥"，露水很多的样子。

世路无穷，劳生有限，似此区区长鲜欢

连日起早摸黑，奔波于赴密州的路上，但山高水长，总不见终点。作者触景生情，由赴任的旅途联想到人生的道路，不禁发出慨叹：世间之路没有尽头，而人生有限；像我这样劳顿奔波，前程

15

未卜，终究是苦多乐少啊！"区区"，作者自谦之词，一解为少。"鲜"，少。

微吟罢，凭征鞍无语，往事千端

面对自己目前的境况，作者无限怅惘。略微沉吟之后，他凭靠着马鞍，一时无语，种种往事浮上心头。这三句总结上阕，同时引出下阕。

当时共客长安，似二陆初来俱少年

想当年，你我一起客游京都，就像陆氏二兄弟初到洛阳一样，正是风华少年。"长安"，代指宋都汴京（今河南开封）。"二陆"，指西晋陆机、陆云兄弟。他们"少有异才，文章冠世"（《晋书·陆机传》）。二陆初入洛阳，以文章深受当时士大夫推重，时陆机年二十，陆云年十六。苏轼兄弟初到汴京时，苏轼二十一岁，苏辙十八岁，以文学才华受知于欧阳修，情况与二陆很相似，故以此自比。

有笔头千字，胸中万卷；致君尧舜，此事何难

想当年，自己文采飞扬，学识广博，是何等踌躇满志！辅佐国君成就尧舜之治，实现经世济国的理想，又有什么困难呢？

作者化用杜甫《奉赠韦左丞丈二十二韵》中的诗句"甫昔少年日，早充观国宾，读书破万卷，下笔如有神……致君尧舜上，再使风俗淳"，自抒怀抱，字里行间充满了乐观自信和积极进取的精神。事实的确如此，当年苏轼兄弟一入京师，先是获取欧阳修的赏识，欧阳修惊叹苏轼"他日文章必独步天下"。他们继而又受到仁宗、神宗

的赞许，"仁宗初读轼、辙制策，退而喜曰：'朕今日为子孙得两宰相矣。'神宗尤爱其文，宫中读之，膳进忘食，称为天下奇才。"（《宋史·苏轼传》）

用舍由时，行藏在我，袖手何妨闲处看

被任用或弃置取决于时运，积极入世或消极避世则由我决定，何妨落得个袖手旁观，清闲自在。

作者年轻时雄心勃勃，似乎"天下事无不可为"，然而现实中频频受挫，不被重用，才华与抱负得不到施展。此时，他已步入中年，对复杂人生有了更清醒的认识，因而对得失荣辱抱豁达的态度。《论语·述而》说："用之则行，舍之则藏。"作者化用其意，在世路艰难与人生无奈的叹息中，仍表现出自信与旷达的襟怀。

此三句的特点是纯以议论为词，适于抒情的词体到了作者手中，就变得无事不可入，无意不可写。金人元好问认为本词绝非苏轼所作，认为"鄙俚浅近""极害义理"。事实上，这首词的议论部分，遣词命意无拘无束，信手拈来，恰显示出作者横放杰出的才华。

身长健，但优游卒岁，且斗尊前

结尾是作者与弟弟共勉：希望彼此身体健康，但求快快乐乐、悠闲自得地度过一生。

理想和现实的矛盾依然是无解的，作者似乎在说服自己，暂时从壮志难酬的苦闷中摆脱出来，获得内心的平静和安慰。但一方面立志"致君尧舜"，一方面又要袖手"闲处看"，入世与出世两种相对立的处世哲学汇集于一身。因此，这最后几句的说法，不过是矛盾心理

的外在表现，在表面的乐观之中隐藏着的是无可奈何的苦闷。

"斗"，这里作戏乐解。"尊"，酒杯。唐牛僧孺《席上赠刘梦得》："休论世上升沉事，且斗尊前现在身。"为此句所本。其意正如杜甫所说："莫思身外无穷事，且尽生前有限杯。"（《绝句漫兴九首》）

评 解

离杭赴密，生活环境的变化、心境的变化，使得作者这一时期的词风发生了重要的转变，《沁园春》正标志着这一转变的开始。作者从旅途写到人生，从往事的回忆写到今日的感慨。文笔纵横恣肆，挥洒自如。

《沁园春》属于比较难驾驭的词调。上阕八个四言句，下阕四个四言句，中间还穿插着多个长短句，适合以赋体入词，但又最忌板滞。两宋许多名家，如柳永、李清照、周邦彦、姜夔等都不见填制。著名词论家夏承焘先生对《沁园春》词牌有过精辟的论述："此调格局开张，掌握得好，却可造成排山倒海之势，收到良好的艺术效果。"这首词正如此。其突出特点是以议论入词，大量用典、用事，将诗、文、经、史融入词中，同时善于将写景、抒情、议论三者合为一体，充分体现了苏轼的艺术才能。

《沁园春》已露东坡本色，但在艺术上仍有某些不足之处，明显的是，以抽象的说理议论代替具体的形象描述，不如以情动人之作有强烈的感人力量。不过，无论探讨苏轼词风的转变，还是研究苏轼对于词世界的探索，这首词都是不可忽略的一篇。

江 城 子

乙卯正月二十日夜记梦

十年生死两茫茫，不思量，自难忘。

千里孤坟，无处话凄凉。

纵使相逢应不识，尘满面，鬓如霜。

夜来幽梦忽还乡，小轩窗，正梳妆。

相顾无言，惟有泪千行。

料得年年肠断处，明月夜，短松冈。

题 解

苏轼十九岁与同郡十六岁的王弗结婚。夫妻琴瑟调和，甘苦与共，感情笃厚。但王弗不幸于宋英宗治平二年（1065）在汴京（今开封）去世，年仅二十七岁，次年归葬于故乡四川祖茔。十年之后，在熙宁八年（1075）正月二十日这天夜里，苏轼在梦中重又见到王弗。由此，他写下这首非常著名的悼亡词，表达了对亡妻深挚的思念之情。

小序中的"乙卯"，指熙宁八年，也就是苏轼到密州的第二年。

《溪亭独眺图》局部　清代·查士标

句·解

十年生死两茫茫，不思量，自难忘

恩爱夫妻，一朝永诀，转瞬已是十年光阴。生者和死者之间消息不通，音容渺茫。"生死"二字，用语沉痛，"茫茫"则写出作者无限怅惘、失落的情怀。

柳永词中有"一日不思量，也攒眉千度"的句子，那是青年人相恋的热烈浪漫。苏轼的"不思量，自难忘"则带有更多的人生况味，看似平淡，却分外深远厚重。父亲苏洵曾对他说："妇从汝于艰难，不可忘也。"（《亡妻王氏墓志铭》）一起承担忧患、经历风雨的夫妻，感情真挚而弥久，久而弥笃，即使生死异路，也不会被消磨掉；即使不去思念，妻子的身影、共度的时光，也会时时萦绕在心，让人无法忘怀。

千里孤坟，无处话凄凉

妻子的坟茔远在千里之外的眉山，纵然心中有万般凄凉，也无法互相诉说。这凄凉，既是指作者自己，也是他想象中的亡妻的境况。妻子在身边的时候，可以抚慰自己饱经沧桑的心灵。妻子逝去之后，九泉之下若有灵，她也是孤孤单单，该是多么凄凉！但是，即使坟墓真的近在身边，难道就能和妻子互诉衷肠了吗？这抹煞了生死界线的痴语，比理智的抒写更令人动容。

纵使相逢应不识，尘满面，鬓如霜

这是作者的假想：就算是生者和死者的世界可以沟通，十年过去，死者依然如故，但生者呢？妻子见到我，恐怕也认不出来了，因为我已是风霜满面，两鬓斑白，不复是当年的模样。

多年来，苏轼被卷入围绕王安石变法而起的革新派与守旧派的斗争漩涡之中，不断被外放、左迁，历尽艰辛与沧桑。这三个长短句，将现实与梦幻交织在一起，在"相逢不相识"的假设中，隐含了多少辛酸和忧愤！其感情深沉而悲痛，表现了对爱侣的深切怀念，也寄寓了自己的身世之感。

夜来幽梦忽还乡，小轩窗，正梳妆

这首词本因梦而作，但是词的上片并未提及梦境，而是写了对妻子的朝思暮想之情。到了下片这里，才开始"记梦"。虽然由现实转入梦境，但词中的深情却是贯通的。正是由于那种刻骨铭心、魂牵梦萦的思念，妻子才会出现在作者的梦中。在梦里，作者忽然又回到了故乡，那是两人共度甜蜜岁月的地方。小窗下，妻子正对镜理妆，情态容貌，依稀当年，一切都是那样的亲切熟悉。

相顾无言，惟有泪千行

在梦中，梳妆的妻子转过身来看见了作者，夫妻对面相视，良久无语，只有泪水无声地流淌。这梦中的相逢不是充满喜悦，而是满含着苦涩和悲怆。"物是人非事事休，欲语泪先流"，这"无言"中，包括了千言万语，那是"此时无声胜有声"的沉痛，别后种种从何说起？一个梦，把过去拉了回来，把现实的感受融入梦中，使相逢的梦反比相思的苦更加令人感到凄凉。

料得年年肠断处，明月夜，短松冈

这几句写梦醒后的感慨。作者想象在千里之外的荒郊月夜，那长着小松林的冈垄上，妻子定会年复一年地为思念丈夫而柔肠寸断。写对方为怀念自己而伤悲，也正表现了自己对死者的无限悼念，以景结情，余音袅袅。

"短松冈"，指王弗的墓地。《本事诗·征异第五》中记载：唐代开元年间，幽州衙将张某之妻孔氏死后，一日忽从冢中出，题诗赠张曰："欲知肠断处，明月照松冈。"苏轼化用其意而不着痕迹，且加重了感情的分量。"料得"一词饱含生者对死者的挂牵，"年年"则倍增生者对死者的怀念。

评 解

这篇作品以悼亡为题材作词，在苏轼是第一首，在词的发展史上也是首创。在此之前，文人填词，凡涉及女性和爱情的，大多境界狭窄。苏轼以词抒怀，写悼亡之情，既拓展了爱情词的内容，又提升了婉约词的品格。

这首词运用虚实结合以及叙述白描等多种艺术手法，语言平易质朴，在对亡妻沉痛悲凉的哀思中又糅进自己的身世感慨，将夫妻之间的感情表达得深婉真挚，感人至深。苏门六君子之一的陈师道曾用"有声当彻天，有泪当彻泉"评赞此词。元人王若虚《滹南诗话》曾引宋代晁无咎（即苏门学士之一晁补之）的话说："眉山公之词短于情。"其实不然，苏轼仅仅是不喜欢写那些"绮罗香泽"的艳情而已。

《东丹王出行图》局部　五代·李赞华

江城子

密州出猎

老夫聊发少年狂，左牵黄，右擎苍。

锦帽貂裘，千骑卷平冈。

为报倾城随太守，亲射虎，看孙郎。

酒酣胸胆尚开张，鬓微霜，又何妨。

持节云中，何日遣冯唐？

会挽雕弓如满月，西北望，射天狼。

题 解

宋神宗熙宁四年（1071），苏轼因对王安石变法持不同政见而自请外任，先是做杭州通判，三年后又转任密州（今山东诸城）太守。当时密州长年干旱，苏轼赴任的第二年十月，也就是熙宁八年（1075），他率人到常山祈雨，归途中与同僚会猎于铁沟。这首词即猎后所作。

《东丹王出行图》局部　五代·李赞华

《江城子》，又名《江神子》，传说最初为祭祀江神之曲，比较适宜于表现委婉、低沉的情绪。苏轼在密州所作的另一首《江城子》（十年生死两茫茫）就非常凄婉，而这一首风格迥然不同。作者在词中表现了千骑出猎、豪迈刚健的英雄之气，抒发了为国效力、抗击侵略的雄心壮志。

句 解

老夫聊发少年狂，左牵黄，右擎苍

写这首词的时候，苏轼只有三十八岁，却自称"老夫"，颇有几分幽默、豪迈之情。"聊"，姑且的意思。"狂"，不仅见出气概的豪迈，也奠定了全篇的基调。作者人到中年，依然迸发出少年人的昂扬激情。你看，他左手牵着黄犬，右臂架着苍鹰，身手敏捷，意气风发，好一副出猎的雄姿！

锦帽貂裘，千骑卷平冈

与太守一同出猎的随从们个个武士装束，就像羽林军一样雄姿英发；原野上，千骑奔驰，万马嘶鸣，如一阵狂飙席卷山岗。"锦帽貂裘"，即戴锦蒙帽，穿貂鼠裘，是汉代羽林军的装束，这里指随猎者戎装打扮。"千骑"，并非实指，而是说随从众多。

如果说前一句是个人豪气的特写，这一句则将镜头推远，以开阔原野和千军万马作为背景；场面愈是壮观，背景愈是宏大，主角的气势也就越发突出。

为报倾城随太守，亲射虎，看孙郎

作者豪气勃发，说：请为我告诉全城的人，跟随我去打猎；我要像当年孙权射虎一样，一显身手。"倾城"，夸饰之词，同上面的"千骑"一样，是突出气势之盛。"孙郎"，即三国时的孙权。史载，孙权在打猎时，马被虎伤，他投出双戟击退老虎。

这一句有着言外之意。"射虎"固然勇武，但很多猎手都能做到。而孙权就不一样了，他是一代雄主，曹操曾说："生子当如孙仲谋！"作者以孙郎射虎自比，当然不会只限于在狩猎场上称雄。

酒酣胸胆尚开张，鬓微霜，又何妨

词人本来豪情就很高，畅饮之后，酒意正浓，更觉胸怀开朗，胆气豪壮。他说，即使鬓发像染霜一样，已经微白，又有什么关系呢！这一句是豪壮之言，也是自我安慰之语，包含了作者的深沉慨叹。光阴渐逝，鬓发灰白，年轻时的雄心壮志无由实现，内心的悲哀可想而知。但东坡之为东坡，就在于他有超越悲情的胸怀：大丈夫立身行事，何必为此伤感！

持节云中，何日遣冯唐

汉文帝曾派冯唐持符节到云中郡去赦免魏尚，仍让魏担任云中太守，什么时候朝廷也能像那样对自己再委以重任呢？"节"，符节。"云中"，汉时郡名，在今内蒙古自治区托克托县一带，包括山西省西北的部分地区。云中郡郡守魏尚守边有方，战绩卓著，后因上报战果时，被查出多报六人的杀敌数，被削职，并要坐牢。冯唐上谏文帝不应如此对待武臣名将，于是文帝就派冯唐持节到云

中郡去赦免魏尚，使他官复原职。苏轼是因为反对新政而自请外放
的，这里有着身世之感，而更多的是渴望重新得到朝廷的重用，其
殷切期待之情在追问的语气中一露无遗。

会挽雕弓如满月，西北望，射天狼

作者在想象：等到将来到了疆场，自己定会力挽雕弓，奋勇杀
敌，将觊觎国土的入侵者驱逐干净！"会"，定当。"天狼"，即
天狼星，在西北边天空上。古人认为天狼星主侵略，这里代指北宋
西北边的辽和西夏。

评 解

用词来写习武打猎，塑造出一个激昂慷慨的志士形象，借以
抒发自己的报国情怀，这在题材和内容上都具有开创意义。这首
词进一步发展了范仲淹悲壮苍凉的边塞词的精神，打破了红粉佳
人、多情公子为抒情主人公的词坛格局，形成一种粗犷豪迈的风
格，具有一种阳刚之美。这与当时笼罩词坛的柳永词的词风形成鲜
明的对照。

苏轼对自己的这种词风也相当自豪，他在《与鲜于子骏书》中
说："近却颇作小词，虽无柳七郎风味，亦自是一家。呵呵。数日
前猎于郊外，所获颇多。作得一阕，令东州壮士抵掌顿足而歌之，
吹笛击鼓以为节，颇壮观也。"

《柳岸闲步图》 明代·吴伟

望 江 南

超然台作

春未老，风细柳斜斜。

试上超然台上看，半壕春水一城花。

烟雨暗千家。

寒食后，酒醒却咨嗟。

休对故人思故国，且将新火试新茶。

诗酒趁年华。

题 解

宋神宗熙宁七年（1074）秋，苏轼由杭州移守密州（今山东诸城）。次年八月，他命人修葺城北旧台，并让其弟苏辙题名曰"超然台"。熙宁九年暮春，苏轼登超然台，眺望春花盛开、满城烟雨，触动乡思，写下了这首词。

春未老，风细柳斜斜

这首词的题名一作《暮春》。首句即点明了当时的季节特征：春已暮而未老。作者这样写是采取拟人化的手法，把春天写活了。春天到来，柳枝跟着生长转绿，在微风的轻轻吹拂下，摇曳生姿。风儿以"细"形容，可知其温和轻柔；柳枝以"斜斜"勾勒，形象地表现了随风轻拂、婀娜动人的姿态。

试上超然台上看，半壕春水一城花。烟雨暗千家

作者试着登上超然台，满城春色尽收眼底。只见护城河里流着半壕春水，城里处处盛开鲜花，千家万户笼罩在迷蒙烟雨中。"壕"，指护城河。作者在写景时，善于抓住春水、花、烟雨等景物特征，注意色彩上的强烈对比，把春日里不同时空的色彩变幻，用明暗相衬的手法传神地传达出来。"看"，一作"望"。

"试上"一词，似有勉强之意，这是为什么呢？看到下文就明白了。

寒食后，酒醒却咨嗟

此时正是寒食之后，作者站在高台上，酒意渐消，禁不住长声叹息。"寒食"，古代节名，在清明节前一日或二日，节日期间禁火，只吃冷食。登台眺览，作者为什么会"咨嗟"呢？因为马上就是清明节，是为亲人扫墓的日子；然而此刻他远在密州，归乡的心愿又岂能实现？于此我们不难看到：满城春色，更多的无非是触动

作者浓浓的乡思；满城人家，映衬的是他远在异乡、孑然一身的孤独；"酒醒"的背后是酒醉，至于为什么醉，这已不言自明。

休对故人思故国，且将新火试新茶。诗酒趁年华

不要因为面对老友，就思念起故乡；姑且用新起的火，试煎新采的春茶吧；趁着人还未老，且开怀畅饮、尽情吟诗吧。"故国"，这里指作者故乡四川眉山。寒食过后，需重新点火，故称之为"新火"。"新茶"，指清明前采制的茶，即俗称的"明前茶"，为茶中佳品。

作者并没有沉浸在思乡之情的伤感中，而是善于自我排解。既然不能如愿，何必愁苦不堪？既然有好春光、好年华，何不尽情地享受这一切？超然物外，方能忘却尘世间烦恼，这便是旷达的苏轼。

全词所写，紧紧围绕着"超然"二字，这种"此心安处是吾乡"的自得、善于自我开解的达观，便是作者在密州时期心境与词境的具体体现。俞陛云《两宋词选释》评云："下阕'故人''故国'，触绪生悲，'新火''新茶'，及时行乐，以此易彼，公诚达人也。"

评 解

本篇是一首思乡之作。上片写烟雨朦胧中的密州春景，下片抒发清明时节思乡不得，只好以品茶饮酒、吟诗赏景为娱的心情，表

33

现出超然旷达的人生态度，与"超然台"名相应。

《望江南》词，以单调为多，宋人喜作双调，但成功的不多。苏轼此词，堪称佳作。上下片两组对句，一组写景，一组抒情。上一组对句，写的是异乡之景，下一组对句，抒的是故乡之情；情由景发，情景交融，可谓曲折有致。全词意境清丽，语言质朴无华。词中浑然一体的斜柳、楼台、春水、春花、烟雨的暮春景象，以及烧新火、试新茶的种种细节，细腻生动地表现了作者细微复杂的内心活动。全词豪迈与婉约相兼，可见苏轼并非一味豪放、不拘格律。

水 调 歌 头

丙辰中秋，欢饮达旦，大醉，作此篇。兼怀子由。

明月几时有？把酒问青天。

不知天上宫阙，今夕是何年。

我欲乘风归去，又恐琼楼玉宇，高处不胜寒。

起舞弄清影，何似在人间！

转朱阁，低绮户，照无眠。

不应有恨，何事长向别时圆？

人有悲欢离合，月有阴晴圆缺，此事古难全。

但愿人长久，千里共婵娟。

题 解

苏轼在密州待了两年时间，共创作了二十多首词，其中许多为名篇。正是从密州开始，苏轼的词作进入成熟期，形成了自己的风格和特色。

《汉宫秋月图》局部　清代·袁耀

这首脍炙人口的词作于熙宁九年（1076），小序中的"丙辰"指的就是这一年。中秋之夜，作者与友人饮酒赏月，通宵达旦。此词系醉后抒怀之作，同时表达了对兄弟苏辙的思念。子由，是苏辙的字。

句 解

明月几时有？把酒问青天

中秋佳节，皓月当空，作者高举酒杯，向青天发问：这明月究竟是什么时候就有的？此词开篇出语奇逸，超人意表。为什么有此一问呢，是在追溯宇宙的起源？是在惊叹造化的巧妙？还是在慨叹宇宙的流转无穷、苍茫无极，人世的渺小短暂？无论是什么，作者此时必然是思接古今，有感而发。

屈原《天问》曰："天何所沓？十二焉分？日月安属？列星安陈？"李白《把酒问月》开篇曰："青天有月来几时？我今停杯一问之。"此处词意与前二者有着传承关系。不过，同样是豪迈潇洒、气魄不凡，李诗舒缓，苏词峭拔，风格又各有不同。

不知天上宫阙，今夕是何年

对宇宙的追问尚未得到回答，作者的想象又飞向了天上仙境：不知道那里今晚是哪一年，又是一个什么样的日子？

这一句化用唐代韦瓘所撰小说《周秦行纪》中的诗句："香风引到大罗天，月地云阶拜洞仙。共道人间惆怅事，不知今夕是何年。"民间素有"天上一日，人间百年"的传说，人生短暂，而天上的神仙们青春永驻，从不为会老迈而担忧。作者在这一追问中不仅是好奇，恐怕也隐含了对岁月流逝的焦虑之情吧。

我欲乘风归去，又恐琼楼玉宇，高处不胜寒

人间今夕，天上何年？天上是否胜过人间？作者想乘着清风飞上天去，可是想到那些用晶莹剔透的美玉建成的楼阁，心中又不禁犹豫起来，只怕因为月宫太高，自己受不了那里的清寒。

飞天入月，为什么说是"归去"呢？因为作者自认为不属于尘世，那仙境一样的自由世界才是自己的归宿。苏轼一生，以崇儒、讲究实务为主；但也好佛道，每当挫折失意之际，出世思想多有上升。苏轼一生并未退隐，但他那种超然物外、旷达自适的人生态度，比很多口头上或事实上的"退隐""归田"更为深刻。也正因如此，当时他就享有"坡仙"之称。他在《前赤壁赋》中写道："浩浩乎如冯虚御风，而不知其所止；飘飘乎如遗世独立，羽化而登仙。"在这里，作者说自己既向往天上又留恋人间，实际上寄寓着"出世""入世"的矛盾心理。

起舞弄清影，何似在人间

我在月光下翩翩起舞，清影挥曳，月宫虽好，哪里比得上人间！

李白《月下独酌》"我歌月徘徊，我舞影凌乱"，写酒后月下独自对月起舞。苏轼借用其诗中洒脱不羁的形象和清朗空明的意境，舍去了原诗孤独迷惘的情绪，用来表达自己中秋月夜的"欢"情"醉"意，并与月宫的孤寒作比。正因为人间胜于天上，他才欲去又止，实际上抒发了自己对人世的眷恋和对人生的热爱。

转朱阁，低绮户，照无眠

上片写作者对天上明月的遐想，下片转而写月光辉映下的人间景象。夜渐渐深了，月光移动着，将清辉洒向华丽的楼阁，低低地穿过雕花的窗户，照到了房中迟迟不能入眠的人。为什么"无眠"呢？结合下文来看，是伤离怨别，对月怀人。这个"无眠"之人，乃是千千万万望月伤怀的人的缩影。

不应有恨，何事长向别时圆

作为自然之物的月亮，本来是不会有什么愁恨的，可是为什么总在人别离的时候圆了起来？别时月圆，仿佛故意与人为难，令人伤心。用"何事"起问，表面上是埋怨明月不通人情，实则寄寓着自己怀人的深情。

人有悲欢离合，月有阴晴圆缺，此事古难全

作者运思人情，用旷达来作自我排解。人事多变，有相聚，就有别离；有欢乐，就有痛苦。月亮也是这样，今晚尽管充盈皎洁，可是它也有被乌云遮蔽的时候，有亏损残缺的时候。天地万物很难十全十美，这是自古已然的事实。既然如此，又何必为离别感到忧伤呢？这几句双绾自然和社会，富有哲理，意境一转豁达。

但愿人长久，千里共婵娟

人间离别难免，相聚暂时不能如愿，那么只希望亲人身健长在，即使远隔千里，也可以明月与共，心意相通。

"婵娟"，美好的样子，指嫦娥，亦代指明月。南齐谢庄《月赋》中"美人迈兮音尘阙，隔千里兮共明月"是这两句所本。王勃《送杜少府之任蜀州》："海内存知己，天涯若比邻。"苏轼这两句与它有异曲同工之妙。如词前小序所说，这首词表达了对弟弟苏辙的怀念之情，但并不限于此。可以说这首词是苏轼在中秋之夜，对一切经受着离别之苦的人表示的美好祝愿。于是，词的境界愈见澄澈辽远，词的情思也愈加殷切绵延。

评 解

这首词以月起兴，围绕中秋明月展开想象和思考，把人世间的悲欢离合之情纳入对宇宙人生的哲理性追寻之中。上片执著人生，下片善处人生。落笔潇洒，舒卷自如，情与景融，境与思偕，思想深刻而境界高逸，充满哲理，是苏轼词的典范之作。

历来诗家词家都对这首《水调歌头》推崇备至。南宋胡仔的《苕溪渔隐丛话》将它推为中秋词的绝唱，说："中秋词，自东坡《水调歌头》一出，余词尽废。"宋胡寅在《酒边集序》中说苏词"一洗绮罗香泽之态，摆脱绸缪宛转之度，使人登高望远，举首而歌，而逸怀浩气，超然乎尘垢之外"，称道他创造了一种新的美学风范。

浣溪沙

簌簌衣巾落枣花，
村南村北响缫车，
牛衣古柳卖黄瓜。

酒困路长惟欲睡，
日高人渴漫思茶，
敲门试问野人家。

题 解

这首词为苏轼在徐州所作五首《浣溪沙》之一。这组词前有一小序，说明了作词的原委："徐门石潭谢雨道上作五首，潭在城东二十里，常与泗水增减，清浊相应。"神宗元丰元年（1078），徐州发生严重春旱，作为一州之长的苏轼对此极为关心，他亲往石潭求雨。得雨后，他又前往石潭谢神。这组词即是记述他在村野的见闻和感受。

作者在这首词中生动地描绘出一幅饶有情趣的农村初夏图景，流露出对乡村生活的喜悦之情。

《四景山水图》局部　南宋·刘松年

句 解

簌簌衣巾落枣花，村南村北响缫车，牛衣古柳卖黄瓜

首句正常语序应是"枣花簌簌落衣巾"，是说枣花簌簌飘落在衣服和头巾上。"簌簌"，象声词，摹写枣花飘落时的细微声音。作者通过枣花点明初夏时节，同时展现出人行走于枣树下，微风吹拂、清香四溢的景象。

次句写所闻。耳畔传来"吱吱嗡嗡"的纺车声，细细倾听，却又无法分辨声音的来处，因为在这个繁忙的收蚕季节里，缫丝声已在村南村北此起彼伏响成一片了。"缫车"，即缲车，是抽丝的工具。

末句写所见。"牛衣"，《汉书·食货志》有"贫民常衣牛马衣"的话，也有人说即襏衣之属，这里泛指用粗麻织成的衣服。作者抬眼望去，就在路旁的一株古柳树下，一位村农正叫卖着黄瓜。

作者成功地抓住了富有季节性特征的事物，不加修饰，渲染出了浓厚的农村生活气息；同时暗中流露出久旱逢雨之后轻松愉快的心情。如果旱情不解除，桑树枯死，哪来桑叶养蚕而抽丝，也谈不上卖瓜果了。作者用笔之妙，就在于此。

这一段写景的独特之处在于它不是用静态的视觉形象构成画面，而是通过各种不同的音响在人的意识屏幕上折射出的一组连续不断的影像，构成有声有景的立体情境。"村南村北响缫车"，虽然只是写声音，却分明呈现出村里百姓辛勤劳作的场景。

酒困路长惟欲睡，日高人渴漫思茶，敲门试问野人家

酒后困意正浓，又经过长途跋涉，此时真想好好地睡上一觉。烈日当空，口干舌燥，要是能有一杯清茶解渴该有多好！于是走到村野的一户人家前，试着敲门探询。"漫"，随意，不由地。因为

非常渴，所以不由得想喝点茶。"试问"，透露出谦逊亲切、不愿惊扰人家的意思。

下片开头两句用对偶，看似漫不经心，属对却十分工整，尤其是虚词"惟"与"漫"的对仗尤见功力，将初夏正午的炎热和酒渴困倦的行人情态表现得真切生动，如在目前。

评 解

在苏轼以前的文人词中，偶尔也有以农村生活为题材的。比如归隐题材中就经常描绘乡村山水的风景和樵夫渔父的形象，著名的如张志和《渔歌子》："西塞山前白鹭飞，桃花流水鳜鱼肥。青箬笠，绿蓑衣，斜风细雨不须归。"但是这里的乡村只是山林归隐的象征，是被文人理想化了的隐逸之地，而不是真实的乡村生活。

苏轼把自己亲身感受到的、富有生活气息的乡村生活写入词中。一方面，他有诗人的慧眼，能从农村的风土人情中提取淳朴自然之美，让自己仕途劳顿的心灵得到放松；另一方面，他又是以士大夫"民胞物与"的责任感来关注乡村、关心现实，因而百姓的哀乐也时时牵动着他的心情。苏轼开创的这样一种表现农村的传统为后来的诗人和作者所继承。从南宋陆游和范成大的农村题材诗以及辛弃疾的农村词中，都可以看到苏轼的影响。

这首词在艺术上也很有特色，所写见闻和经历，似乎信手拈来，但在构思和用语上都是颇见匠心的。枣花、缫车、牛衣、古柳等都是农村习见的事物，卖瓜人、野人家也别有乡土风味。尤其向农户敲门求茶，更见出农村淳厚的风俗。清新朴实、明白如话、感染力强，是这首词显著的艺术风格。

永遇乐

彭城夜宿燕子楼，梦盼盼，因作此词。

明月如霜，好风如水，清景无限。
曲港跳鱼，圆荷泻露，寂寞无人见。
紞如三鼓，铿然一叶，黯黯梦云惊断。
夜茫茫，重寻无处，觉来小园行遍。

天涯倦客，山中归路，望断故园心眼。
燕子楼空，佳人何在，空锁楼中燕。
古今如梦，何曾梦觉，但有旧欢新怨。
异时对，黄楼夜景，为余浩叹。

题 解

这首词作于苏轼知徐州期间。小序中的"彭城"是徐州的古
称。盼盼，姓关，唐朝人。白居易《燕子楼三首》诗序云："徐州
故尚书有爱妓曰盼盼，善歌舞，雅多风态……尚书既殁，归葬东

《休园图》局部 清代·王云

洛。而彭城有张氏旧第，第中有小楼名燕子。盼盼念旧爱而不嫁，居是楼十余年。"白氏所谓"尚书"，后世（包括苏轼）多以为是张建封，但据考证当为张建封之子张愔。

神宗元丰元年（1078）十月的一个夜晚，苏轼宿于燕子楼，梦到盼盼。醒来后十分感慨，写下这首别具意境的佳作，在写景之中，充满了怀古伤今之意。

句 解

明月如霜，好风如水，清景无限

月色明亮，皎洁如霜；秋风柔和，清凉如水。这清幽的夜色多么迷人！词一开头就描绘了燕子楼小园夜景。

以霜喻月光，在古诗词中并不少见。霜带着清冷的感觉，使得月光也带着丝丝凉意，表现出了秋夜的时令特征。以水形容月光也很常见，但以水喻风却是别出心裁，突出了"好风"带给人的舒适感，仿佛柔和、清凉的水轻轻滑过皮肤一样。从作者对明月和好风的描绘中，已经可以感受到他对这美好夜色的喜爱之情；接着又以"清景无限"总结，赞赏之情溢于言表。"清"既是作者当时的感受，也是我们阅读时的感受，它恰到好处地概括了燕子楼夜色的清幽。

曲港跳鱼，圆荷泻露，寂寞无人见

弯弯的池塘里，不时听到响动，那是鱼儿在欢跳；圆圆的荷叶上，露珠滚动着，在月光的映照下就像一颗颗晶莹的珍珠。只可惜，寂静的深夜，无人欣赏。"曲港"，弯曲的河港，这里指小园中的池塘。鱼往上跳，露往下泻，相映成趣，有一种动态美。同时，鱼跳暗点人静，露泻可见夜深。

自然景色无所谓"寂寞"，这是作者移情于景的结果。也许他有感于燕子楼中独居十余年的盼盼的孤寂，也许是感慨于自己的落寞。总之，这"寂寞"之中包含着作者复杂的内心感受。

统如三鼓，铿然一叶，黯黯梦云惊断

夜色深沉，三更的鼓声突然传来；万籁俱寂中，听得见树叶掉落地面，"铿"的一声如金石一般清脆。作者从梦中惊醒，禁不住怅然若失，黯然神伤。

"统"，击鼓声；"如"，助词。"铿然"，金石声。作者用"铿然"这一形象而又带夸张的词语，既精细地写出树叶落地声音的清晰，包含了丰富的感受，又从听觉上造成动静的对比，从而生动地烘托出月夜倍加幽静的情境。应该说，这是他的一种幻觉。"梦云"，借宋玉《高唐赋》言楚王梦巫山神女自称"旦为朝云，暮为行雨"事，喻自己"梦盼盼"。作者的高明之处在于根本未写梦中情形，而只写了梦醒后的怅然。

夜茫茫，重寻无处，觉来小园行遍

梦醒之后，作者再也无法入睡，于是起身去追寻梦中的情景。夜色茫茫，他走遍了小园，但什么也没找到。"夜茫茫"，照应"清景无限"，带有暗淡感伤的色彩。他为什么心绪茫然，若有所失呢？下阕作了回答。

天涯倦客，山中归路，望断故园心眼

这几句带有深沉的身世之感：我漂泊天涯，已经厌倦宦游；多少次遥望山中的归乡之路，直叫人望眼欲穿，心都碎了。自卷入因变法而起的政治漩涡以来，苏轼外任已经多年，而且多次调动。在此期间，他的作品充满了厌倦仕途、盼归田园的思想。

杜甫诗云："天畔登楼眼，随春入故园。"苏轼化用杜诗。"望断"二字，道出思乡情切，伴有无限的凄楚与无奈。

燕子楼空，佳人何在，空锁楼中燕

望断归路，却不知何时才是归期。作者的思绪又回到眼前：几百年过去，燕子楼已空空如也，当年的佳人又在哪里呢？我所见到的，只有深锁在楼上的燕子。

发生在燕子楼中的爱情故事，有写不完的悲欢离合，但作者只十三个字便说尽了，同时，将今昔不露痕迹地缩合在一起，在人去楼空的怀古感伤中，渗透着作者落寞的心绪。

古今如梦，何曾梦觉，但有旧欢新怨

古往今来，人生犹如一场大梦。人们什么时候真正醒来过？只因欢怨之情未断。

这里的梦，呼应上片作者被惊醒的梦，但已上升到哲理的高度。世事如过眼云烟，人们却常常纠缠于名利、离合、爱恨之中，何曾有过真正的超脱？作者由盼盼之事，推及人生，感慨良多。

异时对，黄楼夜景，为余浩叹

苏轼初到徐州，黄河泛滥，他亲率徐州军民防洪，第二年又筑堤以防洪水再至，并建黄楼以镇水势。就在苏轼写这首词的前一个月，有三十多位名士欢聚黄楼，庆祝黄楼落成。但是，这些很快也将成为历史，所以作者说：我现在为"燕子楼空"而感叹，将来必然也会有人对着黄楼夜景为自己感叹。

黄楼是苏轼徐州政绩的象征。如果说前面是对红尘儿女"旧欢新怨"的超脱，那么这里则表现出对自己建功立业的人生追求的反思，对现实以至未来的思考。

评 解

这首词有一种人生空幻的淡漠感，隐藏着作者寻求解脱的出世之意。全词调子比较低沉，这正是动荡的政局和厌倦官场的心理在词作中的折射。写这首词后不到一年，苏轼就锒铛入狱了。

全词和婉淡丽而不失高旷清雄，议论洒脱而不流于枯燥乏味。"燕子楼空"三句，深得后人赞赏。其妙处如清代郑文焯手批《东坡乐府》云："殆以示咏古之超宕，贵神情不贵迹象也。"作者是写怀古词，不是写历史故事，因此无意在写古方面多费笔墨，而是遗貌取神，将景、情、理熔于一炉，偏重于写景抒情。正是由于作者写景如画，寄情于景，情中有理，怀古而不胶着于古，抒怀而不空洞，因此收到了很好的艺术效果。

水 龙 吟

次韵章质夫杨花词

似花还似非花，也无人惜从教坠。

抛家傍路，思量却是，无情有思。

萦损柔肠，困酣娇眼，欲开还闭。

梦随风万里，寻郎去处，又还被、莺呼起。

不恨此花飞尽，恨西园、落红难缀。

晓来雨过，遗踪何在？一池萍碎。

春色三分，二分尘土，一分流水。

细看来，不是杨花，点点是离人泪。

题 解

　　这是一首非常有名的咏物词。章质夫，福建蒲城人，是苏轼
的同僚和好友。他作有咏杨花的《水龙吟》，苏轼的这一首是次韵
之作。依照别人词的原韵，作词答和，连次序也相同的叫"次韵"
或"步韵"。苏轼在一封给章质夫的信中说："《柳花》词妙绝，

《落花图卷》局部　明代·沈周

使来者何以措词。本不敢继作，又思公正柳花飞时出巡按，坐想四子，闭门愁断，故写其意，次韵一首寄去，亦告不以示人也。"

一般认为这首词作于哲宗元祐二年（1087），时苏轼与章同在京城，交往频繁。但信中提到章质夫"正柳花飞时"出任巡按，则与元丰四年（1081）四月章出为荆湖北路提点刑狱的经历及季节特征相吻合。故定为元丰四年更为妥当，时为苏轼因"乌台诗案"被贬黄州的第二年。

句 解

似花还似非花，也无人惜从教坠

苏轼的这首词题为"咏杨花"，而章质夫词则为咏"柳花"，二者看起来相互抵牾，实则不然。隋炀帝开凿运河，命人在河边广种柳树，并御赐姓杨，故后来便称柳树为"杨柳"。柳花亦被叫作杨花，它实际上是柳絮。

杨花虽然以花为名，但是和人们普遍接受的花的印象不一样。它细小无华，既无炫目的色彩，又无醉人的芬芳，实在很难真的被当成花来看待。所以作者说它好像是花，却又不像花。词以摹写杨花的形态开篇，并非直接描写，却非常传神。它写出了杨花的独特物性，同时又不仅限于此，作者仿佛在设身处地体验杨花的命运和际遇。意味深长，空灵飘忽，奠定了全词的风格基调。正如刘熙载《艺概》所说："此句可作全词评语，盖不离不即也。"

落花总会令多愁善感的人们伤感怜惜，可是这同样负着"花"

之名的杨花，任凭它怎样飘零坠落，也没有谁在意。"从"，任。"教"，使。一个"惜"字，有着浓郁的感情色彩。"无人惜"，反衬作者独"惜"。

抛家傍路，思量却是，无情有思

杨花随风飘飞，离开家园，落在路旁。仔细思量，虽说无情，却也有它的情思。

杨花飘零，本是习见的自然现象，但作者不说"离枝"，而言"抛家"，不仅将其拟人化，更赋予丰富的内心世界。杨花"抛家"远行，看似"无情"；而"傍路"又显出内心沉重、恋恋不舍之意，是为"有思"。

苏轼信中说作此词的缘由是因为章质夫出任外官，远离家人，自己"闭门愁断，故写其意"，因此写杨花也就是写宦途漂泊的章质夫，写千千万万离家远行的游子。作者一生辗转各地，对此有着真切而深刻的体验。

萦损柔肠，困酣娇眼，欲开还闭

如果说杨花有思，那么所思为何？应该是和游子一样，思念的是家。对杨花来说，家便是它离开的那棵柳树。作者由杨花引发的联想，因而变为对柳树的想象。你看，那纤柔的柳枝，就像思妇受尽离愁折磨的柔肠；那嫩绿的柳叶，犹如思妇的娇眼，春困未消，欲开还闭。"萦"，愁思萦回。"柔肠"，柳枝柔细，故取以为喻。"娇眼"，柳叶初生时，如人的睡眼初展，故称柳眼。

作者从杨花写到柳树，又以柳树的风姿隐喻思妇的神态，可谓想象奇特，咏物而不滞于物。

> 梦随风万里，寻郎去处，又还被、莺呼起

这几句既摄思妇之魂，又传杨花之神。游子远去，思妇怀人不归，常引起恼人春梦。柳树大概也如此吧。在梦中，她追寻千万里，好像寻到了夫婿——那游子一样的杨花，只是刚要相逢，却又被黄莺的啼叫惊醒。

唐人金昌绪《春怨》诗曰："打起黄莺儿，莫教枝上啼。啼时惊妾梦，不得到辽西。"作者化用其意。从表面上看，这几句几乎都是在写人，一个女子的无限幽怨，呼之欲出。但细读之，又不能不说是在写杨柳。随风飞舞、欲起旋落、似去又还，不正是柳絮飘飞的情景吗？至于黄莺儿，也应该常常栖息在柳梢头。作者落笔轻灵，以自己的内心体验抒写杨柳，使之成为人的思想情感的载体。物性耶？人情耶？已经浑然不可分割了。

> 不恨此花飞尽，恨西园、落红难缀

不必遗憾杨花飞尽，叹只叹西园里百花凋零，难以连缀。作者笔锋一转，由杨花的情态转而为人的惜春伤逝之感。"此花飞尽"，是一花之事；而"落红难缀"，是一春之事。待到杨花飞尽时，正是暮春时节，灿烂春光，不复重来。正如杜甫《曲江》诗云："一片花飞减却春，风飘万点正愁人。"

这里照应开篇"似花还似非花"，又一次将它与花，即"落红"作了对比。杨花即使飞尽，仍旧不是伤春者怜惜的对象。"不恨"，是承上片"非花""无人惜"而言。其实，这是曲笔传情。

作者写他人对杨花的态度，表达的仍是自己对杨花命运的关注，看似无情，实则有心。

晓来雨过，遗踪何在？一池萍碎

前面既然已经写到"杨花飞尽"，这首咏物词到这里似乎难以为继了。但作者别开生面，将词意拓展到又一境界。清晨一场风雨过后，杨花已不见了踪影。它在哪里呢？已化为一池浮萍，花残身碎。

"一池萍碎"句，苏轼自注："杨花落水为浮萍，验之信然。"这是古人的一种说法，并不科学。但作为文学特别是作为抒情诗词，倒也无须拘泥。

春色三分，二分尘土，一分流水

此时的春色，假如可以三分的话，那么两分归于尘土，一分归于流水。"尘土"，是说落花飘零；"流水"，则指杨花落水。总之，春色已尽。由惜杨花，进而惜春光，诗人的情感袒露无遗。

"春色"居然可以分，这是一种想象奇妙而又高度夸张的写法。苏轼曾多次使用，如《临江仙》"三分春色一分愁"，《雨中花》"不如留取，十分春态，付与明年"等。在苏轼之前，已有人这样写。如唐代诗人徐凝的"天下三分明月夜，二分无赖是扬州"，宋初词人叶清臣的"三分春色二分愁，更一分风雨"等，都是经典名句。

细看来，不是杨花，点点是离人泪

细细看来，那水中的浮萍，哪里是什么杨花；一点一滴，分明是离人伤心的眼泪。唐人诗曰："君看陌上梅花红，尽是离人眼中血。"作者化用其意。比喻新奇脱俗，想象大胆夸张，感情深挚饱满，蕴意回味无穷。

由眼前的流水，联想到思妇的泪水；又由思妇的点点泪珠，映带出空中的纷纷杨花。可谓虚中有实，实中见虚，虚实相间，情景交融。郑文焯手批《东坡乐府》赞之"煞拍画龙点睛"。

评 解

这首词是苏轼婉约词中的经典之作。词家一向以咏物为难，张炎《词源》曰："诗难于咏物，词为尤难。体认稍真，则拘而不畅；模写差远，则晦而不明。"章质夫的柳花词已经以其摹写物态的精妙成为一时传诵的名作。步韵填词，从形式到内容，必然受到原唱的约束和限制，尤其是在原唱已经达到很高的艺术水平的情况下，和韵要超越原唱实属不易。苏轼却举重若轻，不仅写出了杨花的形、神，而且采用拟人的艺术手法，把咏物与写人巧妙地结合起来；将物性与人情毫无痕迹地融在一起，真正做到了"借物以寓性情"。此词一出，赞誉不绝，名声很快超过章的原作，成为咏物词史上"压倒古今"的名作。

《幽人久孤图》局部　近代·陈少梅

卜算子

黄州定惠院寓居作

缺月挂疏桐，漏断人初静。

谁见幽人独往来，缥缈孤鸿影。

惊起却回头，有恨无人省。

拣尽寒枝不肯栖，寂寞沙洲冷。

题 解

元丰三年（1080），苏轼被贬为黄州（治所在今湖北黄冈）团练副使。他初到黄州时，曾经住在定惠院。这首词即作于此时。

作者以作诗诽谤新法的罪名被捕入狱，这时刚出狱不久，惊魂未定，心境孤寂。词中反映的正是这种情绪，并抒发了宁愿寂寞也不愿与世俗合污的情怀。

《步溪图》局部　明代·唐寅

句 解

缺月挂疏桐，漏断人初静

月亮弯弯，挂在疏落的梧桐上；夜深人静，漏壶的水已滴光。"漏"，即漏壶，古人计时的工具，从壶中滴水计算时间。"漏断"，壶中滴水减少，仿佛断了，指夜深。

作者刚刚经历过贬谪和离散。"乌台诗案"几乎使他丧命，在狱中他甚至都想到了后事。现在虽然稍稍安定下来，他的心情仍不能平静。他眼中的世界此刻是多么不圆满啊！既是缺月，又是疏桐，其暗淡、失落可见。既是漏断，又是人静，则其寂寞、凄清可知。

谁见幽人独往来，缥缈孤鸿影

有谁见到幽人独自往来，仿佛天边孤鸿飘渺的身影。"幽人"，原指幽囚之人，引申为含冤之人或幽居之人。作者经常这样称呼谪宦生涯中的自己——"幽人夜渡吴王岘""幽人扪枕坐叹息"。也许是巧合，这些诗句的背景大都是晚上，我们仿佛看见作者的魂灵在黑夜里无声地叹息。据史载，苏轼初到黄州时，"郡中无一人识者"；同时，由于当时"亲友绝交，疾病连年，饥寒并日，人皆相传已死"（《谢量移汝州表》），其处境的寂寞、艰辛，内心的抑郁、苦闷，可想而知。此时，徘徊于清冷世界中的作者，与孤高出世、孤寂无助的大雁何其相似！

惊起却回头，有恨无人省

黑夜中的这只孤雁，不知受了什么惊吓骤然飞起。它频频回头，却没有人能理解它内心的无限幽恨。

这两句细腻地刻画了孤鸿的神情动态及其内心世界，实际上是写作者经受磨难的怅惘心情。虽然最终没有罹难，但牢狱之灾的余悸犹存，作者心头仍充满了忧谗畏讥之感。这也是他初到黄州惊魂未定、顾影自怜的写照。那时，他"杜门思愆，深悟积年之非"，而"平生亲友无一字见及，有书与之亦不答，自幸庶几免矣"（《答李端叔书》）。

作者心中分明"有恨"，然而却无人同情、理解。作者以含蓄空白的笔法，给我们留下了无限广阔的思维空间。

拣尽寒枝不肯栖，寂寞沙洲冷

孤鸿在寒冷的树枝之间逡巡，不肯栖息于任何一棵树，而是寂寞地降落在清冷的沙洲上。

这里用"拣尽""不肯"字样，含有"良禽择木而栖"的意思。有人说这句逻辑上有误，因为雁足为蹼，是不能栖息于树枝的，所以把"寒枝"改作了"寒芦"。但这样一来，"寒芦"和"沙洲冷"的语意就基本一致了，而失去了鸿雁择枝而栖、人择主而处的象征意义，也失去了作者不苟合于世、宁愿独抱寂寞的高洁心态，故于细节不必过分强求。

评 解

　　这首词上阕前两句营造了夜深人静、月挂疏桐的孤寂氛围，然后将幽人、鸿影两个意象合在同一时空里。此时"幽人"是主，"孤鸿"是宾。下阕则写孤鸿飘零失所、惊魂未定，却仍不肯随便栖息于寒枝的情态。至此，人而似鸿，鸿而似人，非鸿非人，亦鸿亦人，主体与客体浑然一体。

　　今人缪钺先生在赏析这首词时说道："晚近人论词多以'豪放'为贵，而推苏轼为豪放之宗。这实在是一种偏见……苏轼词的特长是'超旷'，'豪放'二字不足以尽之。"这首词的确是超旷之作。它空灵飞动，又含蓄蕴藉；既生动传神，又寄托遥深。更令人称道的是其品格高远，正如黄庭坚所说："语意高妙，似非吃烟火食人语，非胸中有万卷书，笔下无一点尘俗气，孰能至此！"

《风雨归村图》局部　明代·谢时臣

定风波

三月七日沙湖道中遇雨。雨具先去，同行皆狼狈，余独不觉。已而遂晴，故作此词。

莫听穿林打叶声，何妨吟啸且徐行。

竹杖芒鞋轻胜马，谁怕？一蓑烟雨任平生。

料峭春风吹酒醒，微冷，山头斜照却相迎。

回首向来萧瑟处，归去，也无风雨也无晴。

题解

这是一首即事抒怀之作。作者借途中遇雨的日常小景，抒写自己淡定自若的胸怀，寄寓深邃的人生思考。

这首词作于元丰五年（1082）三月，即苏轼被贬黄州后的第三个春天。小序中提到的"沙湖"，在黄州东南。据《东坡志林》记载："黄州东南三十里为沙湖，亦曰螺师店，予买田其间，因往相田，得疾。"遇雨一事，可能就发生在此途中。

《夏山欲雨图》局部　清代·董邦达

句 解

莫听穿林打叶声，何妨吟啸且徐行

"穿林打叶"勾画出雨骤风狂的情景。从小序中可知，这场风雨是突如其来的。由于雨具已给人先带走了，同行的人都仓皇奔走，急急避雨，十分狼狈。而东坡却毫不在意。在暴雨和慌乱的人群中，他反而吟哦起诗句，放慢了脚步，俨然是闲庭信步。

狂风吹林，暴雨打叶，声势不可谓不吓人，作者却说"莫听"，即不要去管它。开篇二字便见出作者倔强的性格和傲视风雨的气度。"吟啸"，吟诗长啸，这里表示意态安闲。与其为大自然的倏忽变化惶惶不安，倒不如顺其自然，不予理会。内心波澜不惊，暴风骤雨又能奈何！

竹杖芒鞋轻胜马，谁怕？一蓑烟雨任平生

"芒鞋"，草鞋。在东坡看来，在这样的天气里，手拄竹杖，脚穿草鞋，行走在泥泞中，比起带着随从骑着马可要轻便得多。按理说，徒步跋涉要更艰难，苏轼为什么要说"轻胜马"呢？竹杖芒鞋，是平民和闲人的装束，而马往往是官差吏卒等奔波忙碌之人的坐骑，所谓"行人路上马蹄忙"。此时苏轼已决定在黄州买田，自耕自食，过一种平民式的自适生活。这里的"轻"，实际上是表达作者对当时生活的感受，流露出对为官生涯的厌倦之情。正如他在《答李端叔书》中云："得罪以来，深自闭塞，扁舟草屦，放浪山水间，与渔樵杂处，往往为醉人所推骂，辄自渐喜不为人识。"

既然能够如此超脱，那风风雨雨又有什么可怕的呢？因此，作者说：披蓑戴笠，垂钓烟雨，不也可以自在地度过一生吗？

对"一蓑烟雨任平生"，历来有着不同的理解。有人认为它表现的是作者面对人生风雨而安之若素，有人则认为它体现了东坡厌恶官场生涯的隐逸之思。

"一蓑烟雨"是抒写山林隐逸之情最常见的意象。唐张志和《渔歌子》曰："青箬笠，绿蓑衣，斜风细雨不须归。"苏轼化用其意。实际上，苏轼一生虽未避隐，但受老庄思想影响，对尘世常生厌倦之心，"人生如梦"的字句常常出现在他的词中。在他同年九月所作的《临江仙》（夜归临皋）中就说："小舟从此逝，江海寄余生。"因此，以其为隐逸之思自有它的道理。

料峭春风吹酒醒，微冷，山头斜照却相迎

上片写雨中的情形和雨中的思绪，下片则写雨后的景象和雨后的感悟。"料峭"，风寒貌。雨过天晴，春风微寒，吹醒了作者的酒意。抬眼望去，夕阳从山头斜照过来，仿佛是在迎接风雨后归来的作者。

作者在雨中吟咏徐行，处之泰然，雨停之后，反倒觉得寒冷。这是写实，也是对人生遭遇的感受。不管是自然的风雨，还是人生的风浪，总会给人以悲欢苦乐等不同的体验。于是，当山头的斜阳拥抱作者时，作者有了异常温暖的感觉。这也正如我们常说的，不经历风雨，怎么见彩虹。"却相迎"，将阳光拟人化，让它有了人情味。

回首向来萧瑟处，归去，也无风雨也无晴

此时再回头去看刚才雨打风吹处，已经是烟消云散，斜阳也收敛了光辉。一切都已成为过去。"萧瑟",风雨声。这里双关自然界和人生,暗寓苏轼在那场几乎置他于死地的政治风波中的感受。经过暴风骤雨,得来的常常是轻松平静。自然界如此,人生的旅途何尝又不是这样呢?

"归去",可以理解为"身隐",挂冠而去,隐于江湖,这样就可以彻底摆脱仕途的纷扰。但这只是一方面。更准确的理解应该是"心隐"。白居易诗中有"我生本无乡,心安是归处",苏轼也曾说:"此心安处,便是吾乡。"进退自如,宠辱不惊,不以物喜,不以己悲,这才是"心隐"的境界。"无晴",是对先前为斜阳而欣慰的情绪的否定和反省,也是作者思想的再一次升华。

最后这两句,是作者独特个性的心理折光。苏轼自己也非常喜爱,晚年被贬谪海南时,他在《独觉》诗中原封不动地加以引用:"倏然独觉午窗明,欲觉犹闻醉鼾声。回首向来萧瑟处,也无风雨也无晴。"

评 解

这首词是苏轼哲理词的代表作,尤以其展示的性情气度胸怀取胜。从偶然的生活小事中感受和发现深刻的人生哲理,是苏轼哲理词的特征。他以智者的眼光看待世界,则世间万事万物无不蕴含深意。有人称这首《定风波》是"简朴中见深意,寻常处生波澜"。近人郑文焯《手批东坡乐府》评价道:"此足征是翁坦荡之怀,任天而动。琢句亦瘦逸,能道眼前景。以曲笔直写胸臆,倚声能事尽之矣。"

《层峦溅瀑图》局部　明代·谢时臣

浣溪沙

游蕲水清泉寺，寺临兰溪，溪水西流。

山下兰芽短浸溪，
松间沙路净无泥，
萧萧暮雨子规啼。

谁道人生无再少？
门前流水尚能西，
休将白发唱黄鸡。

《浣溪沙》，双调令词。又作《浣溪纱》《小庭花》《满院春》。原为唐教坊曲，后用为词牌名。音调和缓柔美，易于写景抒情。

这首词作于元丰五年（1082）三月，苏轼时年四十六岁，谪居黄

《山水图册》局部　明代·董其昌

州。小序中的"蕲水",即今湖北浠水,在黄州东。蕲水的清泉寺,下临兰溪。兰溪水出于箬竹山,因溪旁多兰花而得名。关于这首词的写作背景,《东坡志林》卷一记载:"黄州东南三十里为沙湖,亦曰螺师店,予买田其间,因往相田,得疾。闻麻桥人庞安常善医而聋,遂往求疗。安常虽聋,而颖悟绝人,以纸画字,书不数字,辄深了人意。余戏之曰:'余以手为口,君以眼为耳,皆一时异人也。'疾愈,与之同游清泉寺。寺在蕲水郭门外二里许,有王逸少洗笔泉,水极甘,下临兰溪,溪水西流。余作歌云。"

这首词从优美的山川景色着笔,即景抒慨,富有哲理,表达了作者对自然的热爱和超越人生苦难的乐观进取精神。

句 解

山下兰芽短浸溪,松间沙路净无泥,萧萧暮雨子规啼

暮春三月,溪水上涨。山下岸边的兰草生出短短的新芽,浸润在清澈的溪水中。作者和友人漫步在清泉寺中,松林间的沙路洁净无泥。

兰是香草,古代往往以"兰"象征美好的东西。兰芽尚短,却充满活力,"浸溪"一词,更是描绘出欣欣向荣的景象。白居易诗中有"沙路润无泥"之句。苏轼将"润"改作"净",清新、明净的感觉油然而生。这对游人来说,正可以纵情踏步而游,无所阻碍。同时,"净"也意味着无人践踏,没有尘世的喧嚣杂污。

然而天公不作美,傍晚时分,下起了细雨;细雨之中,又传来杜鹃的声声啼叫。"萧萧",细雨迷蒙之状。"子规",即杜鹃,相传为蜀帝杜宇之魂所化,鸣声凄厉,常被用来写羁旅之思。暮春三月,春色正浓,可写之景数不胜数,作者却独取此景。虽是写实,却也折射出他当时的处境和心情。

苏轼贬官黄州,以为再也无法实现"致君尧舜"的理想,做好了"便为齐安(黄州)民"的思想准备,并计划多处买田。此时,虽然游于兰溪,作者的内心并不平静。在这易于触发愁怀的黄昏时分,词人听到杜鹃啼叫,难免触动乡旅之思,增添悲凉孤寂之情。

尽管如此,上片的写景总体上传达的还是一种明快愉悦的情绪。作者选取了最富表现力的景物,寥寥几笔,便勾画出一幅暮春风景图,明丽、清新的境界,令人心旷神怡。

谁道人生无再少?门前流水尚能西,休将白发唱黄鸡

谁说人生不能重新拥有青春呢?你看,门前的兰溪都可以向西流去。既如此,那就振奋精神,不要再为头发变白而悲叹鸡鸣催晓吧!

下片就眼前"溪水西流"这一现象生发感慨和议论。前人云,"百川东到海,何时复西归","花有重开日,人无再少时",江水东流不返,就像时间一去不回。人的青春年华也只有一次。可是这兰溪水却无视自然规律,径自向西流去。作者赋予溪水以人的意志,并因此受到深深的激励。这里的"再少"当然不是道教徒企求的"返老还童",而是指具有年轻人那样的乐观向上、充满朝气的心态。自然规律虽然无可选择,人的精神却是操之在己的。因此,年华可以老去,但人不能暮气沉沉。

"黄鸡"，出自白居易的《醉歌示伎人商玲珑》一诗："谁道使君不解饮，听唱黄鸡与白日。黄鸡催晓丑时鸣，白日催年酉前没。腰间红绶系未稳，镜里朱颜看已失。"白居易感叹黄鸡催晓、朱颜易逝，语调低迷。苏轼则一扫白诗的伤感悲叹。这一句也冲淡了上片"萧萧暮雨子规啼"的悲凉气氛。

"乌台诗案"是苏轼人生中的重大打击，但是他并不因此颓废自伤。对青春活力的召唤，即是对生活、对未来的向往和追求。这是东坡以顺处逆的胸怀使然。

评 解

这首词写景纯用白描，清新淡雅；抒情则别出心裁，富有哲理，体制虽小，却意味悠长，不但情景交融，而且情理结合，浑然一体。

这首词既是作者的一种自我解脱，也是一首乐观的呼唤着青春的人生之歌。词中所表达的带有普遍意义的哲理，是作者洒脱旷达的胸怀、积极进取的精神与所处的环境之间的矛盾而迸射出的火花。那在逆境中依然自强不息的精神，千载之下，读来犹令人感奋。这种坚强旷达的性格，也是苏轼受到后世尊崇和喜爱的重要原因。

《江亭晚眺图》局部　宋代·朱光普

西江月

顷在黄州，春夜行蕲水中，过酒家饮。酒醉，乘月至一溪桥上，解鞍，曲肱醉卧少休。及觉，已晓，乱山攒拥，流水锵然，疑非尘世也。书此词桥柱上。

照野弥弥浅浪，横空隐隐层霄。

障泥未解玉骢骄，我欲醉眠芳草。

可惜一溪风月，莫教踏碎琼瑶。

解鞍欹枕绿杨桥，杜宇一声春晓。

题 解

这首《西江月》作于神宗元丰五年（1082），苏轼贬谪黄州期间。

小序叙事简洁，描写生动，充满诗情画意，本身就是一篇优美的小品文。作者说，最近在黄州，一个春天的夜晚，沿着蕲水走。经过酒家，喝了几杯酒。带着醉意，趁着月色走到一个溪桥上，解

《画岩壑清晖册》 明代·佚名

下马鞍，弯着胳膊作枕，准备稍事休息。谁知一觉醒来，天已亮了。环顾四围，青山环绕，绿水淙淙，真让人怀疑这不是尘世。感慨之余，挥笔在桥柱上题下此词。

小序中的"蕲水"，即今湖北浠水。"曲肱"，弯曲手臂。《论语·述而》说："饭疏食，饮水，曲肱而枕之，乐亦在其中矣。不义而富且贵，于我如浮云。"此用其意。作者描写了自己春夜醉眠山水间的一次美妙经历，表达了对自然山水的钟爱之情和物我两忘、超然自适的人生态度。

句 解

照野涑涑浅浪，横空隐隐层霄

开头两句，以恬静而轻灵的笔调，简练自然地描绘出春宵美景：月光照耀在空旷的原野上，清溪微波荡漾；浩渺的夜空中，云层淡柔，若隐若现。

"涑涑"，水满而流动的样子。用它来形容"浅浪"，就把春水上涨、溪流汩汩的景象表现出来了。"层霄"，即层云。以"隐隐"形容云层的轻淡柔和、若有若无，颇为传神。东坡历来爱月，他在这里虽未直接描写月光，却通过广袤的原野、寥廓的天宇、清亮的溪水、淡柔的云层，表达了对无边月色和由此而生的美好夜色的赞赏之情。不仅是作者自己，就连读者，也已心旷神怡了。

障泥未解玉骢骄，我欲醉眠芳草

"障泥"，是用锦或布制作的马鞯，垫在马鞍之下，一直垂到马腹两边，以遮尘土。《晋书·王济传》："济善解马性，尝乘一马，著连乾障泥，前有水，终不肯渡。济曰：'此必是惜障泥。'使人解去，便渡。""玉骢"，毛色青白的骏马，代指坐骑。

作者借用典故，只写坐骑的神态，便衬托出濒临溪流的情景。其实未必是马因障泥未解，便任性不肯涉水，而是作者自己停下了脚步。他醉意朦胧，真想索性就在这芳草丛中睡去。"我欲醉眠"，出自萧统的《陶渊明传》，陶渊明醉时曾对客说："我醉欲眠，卿可去。"一派豪放率真之情。这一句将作者忘乎所以的沉醉、旷若仙人的随意潇洒，形神毕肖地表现了出来。

可惜一溪风月，莫教踏碎琼瑶

"可惜"，是可爱的意思。"琼瑶"，即美玉，这里喻皎洁的水上月色。微风轻轻吹拂，溪中波光粼粼，水月交辉，真像缀了一溪晶莹剔透的珠玉。还是赶紧把马拴好吧，免得它走入溪中，踏碎了这天光月影。

这两句进一步为上两句作了补充交代。景色是这样美好，几乎容不得半点惊扰，他要静静地欣赏这一切。

解鞍欹枕绿杨桥，杜宇一声春晓

因为酒意未消，又为美景陶醉，作者准备稍事停留休息。他解下马鞍，当作枕头，斜卧在绿杨桥上。没想到，这一觉睡得十分香甜，直到黎明时杜鹃的一声啼叫，才将他从梦中惊醒。

"一声春晓"，如空谷传声，余音袅袅，生动地表现了野外清新空灵的春晨之景。但具体怎样，又不细说，有如在画卷上留下空白，让读者去想象，真是回味无穷。

评 解

因"乌台诗案"，苏轼被贬黄州。为了排遣内心的苦闷，他有时参禅悟道，有时寄情山水。在这首《西江月》中，澄澈的自然景色与作者空灵的心境交相融合。作者将自己的身心融入大自然中，完全忘却了尘世的荣辱与悲欢。他的忧中取乐，苦中求欢，正是由于他有随缘自适的旷达胸怀。

这首词采用情景交融的艺术手法。所写之景，无论是作者夜间醉眠之地，还是醒来所见的景象，都是"疑非人世"之景；所抒之情，是忘却尘世的超然之情。这独特的意境，是那样地富有诗情画意，读来回味无穷，令人神往。传说由于这首词清淡优美，空灵蕴藉，当时便有敬慕苏轼的人，在离桥不远的地方，建了一个亭子，起名春晓亭。此事虽不知是否属实，却成为文学史上的一段佳话。

苏轼之前的词，大都是应歌而作，词有调名表明其唱法即可，所以绝大多数并无词序。苏轼把词变成了缘事而发、因情而作的抒情言志之体，因而词的情志因何而生须有说明。为了解决这一矛盾，他在很多词中采用标题和小序的形式，或交代创作背景，或补充本文意境内容，大大丰富和深化了词的审美内涵。

《调琴啜茗图》局部　唐代·周昉

洞仙歌

余七岁时，见眉山老尼，姓朱，忘其名，年九十余。自言尝随其师入蜀主孟昶宫中。一日大热，蜀主与花蕊夫人夜纳凉摩诃池上，作一词，朱具能记之。今四十年，朱已死久矣，人无知此词者，但记其首两句。暇日寻味，岂《洞仙歌令》乎！乃为足之云。

冰肌玉骨，自清凉无汗。

水殿风来暗香满。

绣帘开，一点明月窥人，人未寝，欹枕钗横鬓乱。

起来携素手，庭户无声，时见疏星渡河汉。

试问夜如何？夜已三更，金波淡，玉绳低转。

但屈指西风几时来，又不道流年暗中偷换。

题 解

这首词作于元丰五年（1082），当时作者正谪居黄州。词作附有一篇小序，叙述作者填写此词的缘由：根据后蜀国主孟昶余下的头两句，补足为一首完整的《洞仙歌》词。从序文看，好像带有

《簪花仕女图》局部　唐代·周昉

游戏笔墨的味道，但文中突出交代九十老尼朱氏记词经历，谓"今四十年，朱已死久矣"，已带有人生易老、时光易逝的感慨。读罢全词，更能体味这是一篇作者有意寄怀之作。

《洞仙歌》，又名《羽仙歌》《洞仙词》等，原为唐教坊曲名。此调有令词，有慢词。苏轼的这一首为令词。"洞仙"，道家说神仙居住在名山洞府，故称之。孟昶，五代时后蜀国君，知音律，能填词。宋师伐蜀，兵败投降。花蕊夫人，孟昶的贵妃，貌美，多才多艺，善诗文。其《述国亡诗》颇受人称道："君王城上竖降旗，妾在深宫那得知？十四万人齐解甲，宁无一个是男儿！"

句 解

冰肌玉骨，自清凉无汗

冰一样清莹的肌肤，玉一般润泽的身骨，即使在炎炎夏日，也自是遍身清凉，全无汗染之气。《庄子·逍遥游》："藐姑射之山，有神人居焉。肌肤若冰雪，绰约若处子。"作者化用其意，以夸张的手法，真实而生动地表现出花蕊夫人美丽的姿质。

据《能改斋漫录》记载，花蕊夫人姓徐，因"花不足以拟其色"，故名为花蕊夫人。后改称慧妃，"如其性也"。这是一个妙心慧质的女子，作者所要表现的不仅是她的容貌，更侧重于她超凡脱俗的气质。

水殿风来暗香满

这一句写花蕊夫人居住的环境：她住在清凉的水殿里，微风吹来，幽幽的清香飘满宫室，氤氲不去。"水殿"，指摩诃池边的宫殿。"摩诃"，梵语中是大的意思。摩诃池，建于隋代，在成都城内。

作者抓住水殿、风、香等景物特征，构成一种宁静的意境，令人仿佛身临其境。同时又给人留下丰富的想象空间：水殿是什么样？暗香是什么香？居住在这里的主人又该是如何清雅不俗？

即此一句，便见作者文心笔力，何等不凡。清代沈祥龙《论词随笔》评价道："词韶丽处不在涂脂抹粉也。诵东坡'冰肌玉骨，自清凉无汗，水殿风来暗香满'句，自觉口吻俱香。"

绣帘开，一点明月窥人，人未寝，欹枕钗横鬓乱

清风徐来，绣帘微开，一线月光泻进室内，像是在把美人窥探。美人尚未入睡，但见她斜靠绣枕，宝钗横插，秀发微散，若有所思。作者借"明月窥人"写花蕊夫人的情态，可谓别出心裁，仿佛她的美丽让明月也忍不住动心。

起来携素手，庭户无声，时见疏星渡河汉

这是写蜀主与花蕊夫人纳凉的情景：起身来携手漫步，夜已深，庭院中悄无声息；仰望夜空，月明星稀，不时有流星闪烁，划过银河。

"庭户无声"，是说夜深人静。"疏星渡河汉"，则在悄无声息中显示出宇宙的变换运转。这为下文女主人公的问话和思想活动作好了铺垫。

试问夜如何？夜已三更，金波淡，玉绳低转

请问现在该是什么时辰了？一定已经三更了，你看，月光渐渐暗淡，玉绳星也已低落。"金波"，指月光。"玉绳"，两星名，在北斗七星中的第五星玉衡星的北面。"试问"，写出了问话者的温婉多思；而回答者语气温和舒缓，并耐心指点天空的变化。

但屈指西风几时来，又不道流年暗中偷换

词以女主人公的细思幽想结尾：屈指算算，秋天什么时候会来；而盼得秋来，却不料年华似水，不知不觉中又已流逝。

人生不易，常常是在现实缺陷中追求想象中的美境；而美境纵来，情况又随之有变了。作者借花蕊夫人叹时光流逝、怕青春老去，实际上是抒发自己人生无常的怅惋之情。

评 解

这首词说花蕊夫人故事，仅开头二句为蜀主词句，后面都是苏轼所续。全词"豪华婉逸，如出一手"，体现了作者高超的艺术创造力。苏轼补足此词，更主要的是借题发挥，用以抒发内心感慨。其成功之处，还在于创作了一篇很好的序文，与词的内容相关照，但又不重复。

虽然是宫廷题材，但词中自始至终没有富丽堂皇的渲染。无论是花蕊夫人，还是她所处的环境，都清丽脱俗。整首词清雅俊逸，空灵隽永，在优美的意境中，给人以哲理的启示。

《赤壁图》局部　明代·仇英

念 奴 娇

赤壁怀古

大江东去，浪淘尽、千古风流人物。

故垒西边，人道是、三国周郎赤壁。

乱石穿空，惊涛拍岸，卷起千堆雪。

江山如画，一时多少豪杰！

遥想公瑾当年，小乔初嫁了，雄姿英发。

羽扇纶巾，谈笑间、樯橹灰飞烟灭。

故国神游，多情应笑我，早生华发。

人生如梦，一尊还酹江月。

题 解

　　这首词作于神宗元丰五年（1082）。那时苏轼四十七岁，被贬谪黄州已经两年多了。全词融景物、人事感叹、哲理于一体，将人带入江山如画、奇伟雄壮的景色和深邃无比的历史沉思中，唤起读者对人生的无限感慨和思索。

大江东去，浪淘尽、千古风流人物

大江一往无前，不知所止，本身就给人苍茫无垠之感。江水一去不返，又让人想到"逝者如斯"。作者伫立江边，联想到历史上英雄人物的消逝。本来这是平常而自然的。但他用"浪淘尽"三个字将"大江"和"千古风流人物"联系起来，境界却不平凡。不仅使人看到大江的汹涌奔腾，想到历史长河的不可阻挡，同时使人感受到风流人物的非凡气概，体味到作者兀立长江岸边对景抒情的壮怀。

这两句，江山人物合写，布下一个广阔苍茫的时空背景，有一种通古今而观之的气度。不但风格雄浑，感情激越，而且暗中含转，将读者从眼前壮景带入千古兴亡的历史气氛中去，给人以丰富的感悟和想象余地。

故垒西边，人道是、三国周郎赤壁

正因为前面暗中有此一转，才由泛泛的对于江山、人物的感想，归到赤壁之战的具体史迹上来。当年的战场究竟在哪里，向来众说纷纭。苏轼所游的赤壁是今天湖北黄冈的赤鼻矶，并非赤壁之战发生地。他在此不过是借怀古以抒感，所以作者说：这旧时营垒的西边，人们都说是三国时周瑜大败曹操的赤壁。"人道是"，意思是"据人们讲"，下笔极有分寸。

周瑜年仅二十四岁就做了吴国将军，吴国人近乎亲昵地称之为"周郎"，表达了对少年俊杰的称赏之情。在赤壁一战中，周瑜指挥军队以弱胜强，使三国鼎立局面得以形成，赤壁也因此名传千古，故谓"周郎赤壁"。

乱石穿空，惊涛拍岸，卷起千堆雪

陡峭的崖壁，高高地刺入空中；惊人的巨浪，冲击着崖岸，激起无数的浪花，就像是千万堆的白雪。全词正面描写赤壁景色的只有这三句，却十分生动形象地展现出一幅惊心动魄的画面。"乱石"句是仰视石壁的高峭形象，侧重于写姿态。"惊涛"句是俯视江岸的奇险形象，既有姿态，又有声音。"卷起"句是描绘波涛汹涌起伏的异景，在姿态中又有色彩。不同角度、不同感觉、不无夸张的描写，把读者带进一个奔马轰雷的奇险境界，使人心胸为之开阔，精神为之振奋。这样的景象，又暗合英雄人物的气势，渗透着作者的澎湃豪情。"穿空"，一作"崩云"；"拍岸"，一作"裂岸"。

江山如画，一时多少豪杰

词人不由得发出感叹：锦绣的河山，美丽如画，那时候，出现了多少英雄豪杰！上句承上，总括景物描写。"如画"，极言景象之美。上面描绘到的或未曾描绘的，都包括在内，给人以驰骋想象的余地。下句启下，由江山形胜转到英雄伟业的慨叹。"一时"，作那一时期讲。词一开始所说"千古风流人物"，是着眼于广阔的历史背景；这里的"一时多少豪杰"，则是单就赤壁之战而言。得胜者固然是英雄，失败了也不失豪杰本色。

《东坡赤壁怀古图》局部　近代·陈少梅

遥想公瑾当年，小乔初嫁了，雄姿英发

遥想周瑜当年，小乔初嫁给他，他英姿潇洒，意气风发。作者由概括到具体，一步步缩小描写范围，最后定格在周瑜。"公瑾"，是周瑜的字。据史书记载，周瑜在孙策手下担任将领时，才二十四岁。他性情温厚，善于和人交友。人们赞赏说："与周公瑾交，如饮醇醪。"他精通音乐，如果演奏有误，他立刻就会察觉。人们说："曲有误，周郎顾。"他在三十四岁时，与二十八岁的诸葛亮，统率孙刘联军，在赤壁大战中，用火攻战术，将老谋深算、年已五十四岁的曹操打得一败涂地。这样的人物，在苏轼眼中，当然是值得向往的了。

"小乔"，三国时吴国乔玄的幼女。乔玄有两个女儿，"皆国色也"。大乔嫁孙策，小乔嫁周瑜。周瑜娶小乔是在建安三年或四年，当时二十四五岁。而赤壁之战发生在建安十三年，此时距纳小乔已有十年之久。作者为什么说"初嫁"？这是以美人衬英雄。一为年轻得意、风流倜傥的少年形象，一为指挥千军万马的主帅形象，二者叠合在一起，"雄姿英发"的形象便跃然纸上了。从艺术角度来说，实为传神之笔。

羽扇纶巾，谈笑间、樯橹灰飞烟灭

这两句写周瑜指挥三军时的情形：他手摇着白羽扇，头戴着青丝巾，谈笑之间，敌人的船队就灰飞烟灭。"羽扇"句，写其装束，虽然身当大敌，依然身着便服，风度闲雅。"谈笑"句，写其韬略，成竹在胸，从容自若。

"纶巾"，青丝带的头巾。魏晋以来，上层人物以风度潇洒、举止雍容为美，羽扇纶巾则代表着这样一种"名士"的形象。这种装束也许并未被两军阵前的统帅采用过，但作者用来刻画周瑜，就使得风流儒将的形象更加丰满。

"樯橹"一句，突出火攻水战的特点，将曹军惨败情景形容殆尽。当时孙刘联军用轻便战船，装满易燃物，诈称请降，驶向曹军，一时间火烈风猛，敌船烧毁无数。"樯橹"，一作"强虏"。

故国神游，多情应笑我，早生华发

这三句，作者由怀古而转入个人身世的感慨。"故国"，指赤壁古战场。"故国神游"，即神游故国，是说三国赤壁之战和那些历史人物，引起了自己许多感想，好像灵魂向古代游历了一番。

赤壁大战的时候，周瑜才三十多岁。苏轼写这首词时，已经四十七岁了，不但功业未成，反而谪居黄州。此次游览赤壁，壮丽江山、英雄业绩，激起他豪迈奋发的感情，故谓"多情"。然而，仕途坎坷，年华虚度，壮怀难酬，自己又能怎样呢？故说"多情应笑我"，即笑自己自作多情。"多情应笑我"为倒装句，实为"应笑我多情"。

也有人认为，"多情"是指周瑜的多情关怀，并非自己多情。因此，这一句应这样理解：如果周瑜有灵，今天神游故地，必然关怀地笑我没有干出什么事业，头发早已花白了。聊备一说。

"早生华发"，即白发早生，表面上是说年岁已大，实际上是感叹光阴虚度。

人生如梦，一尊还酹江月

江山依旧，人事已非。人生不过像梦幻一样，不如举杯喝酒，并奉敬江上明月一杯吧！"酹"，以酒洒地，表示祭奠之意。"人生"，一作"人间"。

这里用"如梦"，正好回应开头的"浪淘尽"。因为风流人物不过是"浪淘尽"，人间也不过"如梦"。又何必不旷达，何必过分执着呢！这是历史与现状、理想与实际经过尖锐的冲突之后在作者心理上的一种反映。这种感情跌宕，更使读者感到真实，从某种意义上说，更能引起读者的思考。

评 解

本篇是苏词中具有豪雄气格的代表作，是北宋词坛上最引人注目的作品之一，被誉为千古绝唱。词的上阕主要写赤壁雄奇壮丽的景色，空间时间背景都极为广阔，为下阕怀古作好了准备。下阕从怀古归结到伤今，缅怀历史人物，抒发自己理想与现实的矛盾。

此词一出，便以它遒劲的笔力、高唱入云的声韵，以及"一洗万古凡马空"的气象，在盛行缠绵悱恻之风的北宋词坛，引起强烈轰动。据宋人俞文豹《吹剑续录》：东坡在玉堂日，有幕士善歌，因问："我词何如柳七（柳永）？"对曰："柳郎中词，只合十七八女郎，执红牙板，歌'杨柳岸晓风残月'；学士词，须关西大汉，铜琵琶，铁绰板，唱'大江东去'。"东坡为之绝倒。

《山居纳凉图》局部　元代·盛懋

临江仙

夜归临皋

夜饮东坡醒复醉，归来仿佛三更。

家童鼻息已雷鸣。

敲门都不应，倚杖听江声。

长恨此身非我有，何时忘却营营？

夜阑风静縠纹平。

小舟从此逝，江海寄余生。

关于这首词的写作背景，王文诰《苏诗总案》题作："壬戌九月，雪堂夜饮，醉归临皋作。"壬戌，也就是宋神宗元丰五年（1082），苏轼谪居黄州的第三年。临皋，即临皋亭，位于黄州南江边，苏轼元丰三年由定惠院移居于此。雪堂，为苏轼在东坡所筑。

这首词记叙深秋之夜苏轼在雪堂开怀畅饮，醉后返归临皋的情景，表达了词人希望摆脱人世纷扰、隐逸江湖的心情。

句 解

夜饮东坡醒复醉，归来仿佛三更

这里的"东坡"是地名而非自指。苏轼被贬为黄州团练副使，名义上是地方军事官员，实际上是以戴罪之身被看管，廪禄断绝，生活陷入困境。友人马梦得在城东门外为他申请了一块荒地，名曰"东坡"。苏轼自号"东坡居士"，即源于此。他的著作也多用"东坡"为名，如《东坡集》《东坡志林》等。

词的开头两句是说，一天夜里，作者在东坡饮酒，也不知饮了多少，反正是醉而复醒，醒了又饮；也不知饮到什么时候，回到家中时，好像已经是夜半三更了。

"醒复醉"一词，很耐人寻味。有人以酒助兴，有人借酒浇愁。此时的苏轼显然属于后者。一场政治迫害，使他几乎丧命。贬谪黄州以后，"平生亲友无一字见及，有书与之亦不答。"（《答李端叔书》）尽管他素以旷达作自我排解，但精神的折磨仍然让他心力交瘁。正因为如此，夜饮的结果才不是"醉复醒"，而是"醒复醉"，仿佛是饮酒者有意为之。由此可以想见那种非沉溺于酒中不可解脱的苦闷和抑郁。接下来，"仿佛"二字形象地表现出作者醉意朦胧、恍惚迷离的情态。

家童鼻息已雷鸣。敲门都不应，倚杖听江声

回到家时，家童已鼾声如雷。这样的描叙，带有慈祥长者对晚辈善意调侃的味道。虽然叫门不应，作者却坦然处之，漫步走向寓所附近的江边。"倚杖听江声"，这五个极富表现力的字，勾勒出一个轮廓鲜明的人物剪影——苍茫的夜空下，荒凉的大江边，作者手拄拐杖，静静伫立，聆听江水奔流的声音。人与大自然仿佛已融为一体。这一画面意境深沉，有厚重的沧桑之感，同时又有超旷散淡之情。

这三句以静夜为背景，从听觉的感受来表现，写了深夜里的三种声音：鼻息声、敲门声和江声。有意味的是，前两种声音本来更弱，却传达出一种骚动；后一种声音本来更强，却反倒让人沉静。作者虽非有意作比，却让人感觉到尘世的喧哗、大自然对心灵的抚慰。而最后一句，还自然巧妙地引出作者下面的沉思。

长恨此身非我有，何时忘却营营

《庄子·知北游》中说："舜问乎丞曰：'道可得而有乎？'曰：'汝身非汝有也，汝何得有夫道？'舜曰：'吾身非吾有也，孰有之哉？'曰：'是天地之委形也。'"意思是说，人的身体和生命不属于自己，是天地赋予的。苏轼这里所说的"此身非我有"，化用《庄子》之言而另有他意，强调的是自己的身不由己。

"何时忘却营营"，化自《庄子·庚桑楚》："全汝形，抱汝生，无使汝思虑营营。"本是说，为人当守本分，保其生机，不要因世事而思虑百端，随其周旋忙碌。"营营"，纷乱貌，这里引申为追求功名利禄。

这两句是说，身在宦途，身不由己，一生颠沛漂泊，总是苦于无法掌握自己的命运，什么时候才能够不再为功名利禄而劳苦奔波呢？"长恨"，揭示出内心的厌倦和对自由生活的向往；"何时"，又表示其实还是很难真正忘却。这种矛盾正是作者内心苦闷的根由所在。苏轼素有经世济民之心，虽然政治上屡受打击，但要一下子抛弃夙愿，归隐山林，对他来说，仍是一个非常艰难的抉择。

这两句既饱含哲理又一任情性，表达出一种寻求解脱而又难以超脱的人生困惑与感伤，具有发人深思的力量。不仅是苏轼，生活在尘世之中、徘徊于理想与现实之间的人，谁没有这样的感叹呢？

夜阑风静縠纹平。小舟从此逝，江海寄余生

心绪纷乱的作者，将目光投向江面，夜深风静，水波不兴，如绉纱一样平展。"阑"，尽，晚。"縠"，一种有皱纹的纱。"縠纹"，形容水中细小的波纹。风平浪静，没有喧嚣与烦杂，象征着作者追求的理想境界。因此，这一句不是纯粹写景，而是作者心与景会的结果。

接下来的"小舟"两句，直抒胸怀，表达愿望：希望自己能驾一叶扁舟，远离尘世喧嚣，在烟波江湖安闲地度过余生。可以说，这既是作者对隐逸生活的感性向往，也是对孔子所说"道不行，乘桴浮于海"的人生选择的理性认同。

评 解

　　这首词，写景、抒情、议论，结合得非常好。作者将客观物境与主观心境融为一体，写出了谪居中的苏轼的真性情，反映了他的生活理想和精神追求。元好问评论苏轼词说："唐歌词多宫体，又皆极力为之。自东坡一出，情性之外，不知有文字，真有'一洗万古凡马空'气象。"元好问道出了苏词的总的特点：文如其人，个性鲜明。这也恰好指出了这首《临江仙》的最成功之处。

　　关于这首词，宋人笔记中记载了一段趣话。叶梦得《避暑录话》载："（苏轼）与数客饮江上。夜归，江面际天，风露浩然，有当其意，乃作歌词，所谓'夜阑风静縠纹平，小舟从此逝，江海寄余生'者，与客大歌数过而散。翌日喧传子瞻夜作此词，挂冠服江边，拏舟长啸去矣。郡守徐君猷闻之，惊且惧，以为州失罪人，急命驾往谒，则子瞻鼻鼾如雷，犹未兴也。"

　　这虽然只是一种传说，却从社会效果上说明了苏轼此词的艺术感染力。其实，对于苏轼来说，庙堂之上或江海之中，并无本质差别，他要归隐的是自己的内心世界，所谓"心安是归处"。至于"小舟从此逝，江海寄余生"，那只是作者渴望获得精神解脱的一种象征而已。

《竹炉山房图》局部 明代·沈贞

鹧 鸪 天

林断山明竹隐墙，乱蝉衰草小池塘。
翻空白鸟时时见，照水红蕖细细香。

村舍外，古城旁，杖藜徐步转斜阳。
殷勤昨夜三更雨，又得浮生一日凉。

题 解

《鹧鸪天》，又名《思佳客》《思越人》《醉梅花》。双调
五十五字，上阕第三四句、下阕第一二句一般要求对仗。

这首《鹧鸪天》大约作于神宗元丰六年（1083）六月，苏轼谪
居黄州之时。词意貌似闲适，实际是作者被迫过着失意幽居生活的
自我写照。

句 解

林断山明竹隐墙，乱蝉衰草小池塘

这首词的上片是写夏末秋初的山村景色。第一句写远景：在

郁郁葱葱的树林尽头，夕阳照射的山脉明亮了起来；山下丛生的翠竹，仿佛是绿色的屏障，遮隐了人家的院墙。

树林、青山、绿竹，都是静物，但在作者笔下却一点不显得过于静寂，反而给人一种曲折变化、忽明忽暗的感觉，这得力于动词的巧妙使用。写树林尽头，不用"尽"，而用一个变化剧烈而且分量很重的词"断"。这既形象地写出了山的突然出现以及与树林色调的反差，又点出作者此时观赏景色的情态。因为漫不经心，任凭视线漫游，所以才会有这样突兀的感觉。

"山明"，有人认为是写山清晰可见，这样的解释并不准确。南方的夏季，山和树林应该都是葱茏繁茂的深绿，仅仅是清晰，不会有这样分明的感觉。联系下片，此时正是夕阳斜照的黄昏时分，因而才会有豁然明亮的感觉。同时，"明"又与"竹隐墙"的"隐"相映衬，形成一种闪烁不定的光影交错之感。景物并没有移动，是人的视线和心理感受的变动赋予了它们动感。作者精心选择的动词非常生动地表现出了这一点。

接下来的一句写近景：小池塘边，树上蝉声四起，乱作一团；已经开始枯萎的衰草围满了池沿。有了蝉声，景物一下子热闹起来，但作者用一个"乱"来形容，表明情绪多多少少有些不快，所以听到蝉的聒噪不免有些心烦。池边衰草是秋天来临的征兆。耳闻乱蝉鸣，目睹池草衰，想来，作者难免会有些烦乱和凄凉之感。

翻空白鸟时时见，照水红蕖细细香

仍是写景，这里描绘的景物与情绪同上面截然不同。在辽阔的天空下，不时看到白色的水鸟上下翻飞；碧绿的池水中，娇艳的荷花散发出淡淡的清香。"红蕖"，红色的荷花。荷花又名芙蕖。

这两句对仗十分工整，用语也别出心裁。说白鸟"翻空"，透出孩子般的顽皮；说荷花"照"水，俨然顾影自怜的女子形象。一动一静，相映成趣。"香"本来是看不见摸不着的，作者却用"细细"这个状态词来修饰，十分传神地写出了荷香清淡而又不绝如缕的特点。再从整个画面看，蓝天、白鸟、绿水、红蕖，色彩明丽而协调。总之，这两句有动有静，有香有色，不仅意境淡雅清新，而且透着活泼的生机。

从这样精细的描绘可以想见，作者此时应该全神贯注于自然景物。开篇的漫不经心和烦乱悲凉之感已经没有了，取而代之的是对自然衷心的喜悦之情。苏轼被谪后常借寄情山水排遣内心的苦闷，这里亦可见一斑。

村舍外，古城旁，杖藜徐步转斜阳

继上片写景之后，下片写自己的行迹。阵雨过后，天气清凉，作者手拄杖藜，缓步而行。斜阳相伴，他时而转过村庄，时而停驻在古城旁。"转斜阳"饶有情趣，是人跟着斜阳在转悠，还是斜阳随人移动？不管怎样，夕阳带有了人情味，仿佛与作者有某种默契一般。

表面上看，这几句写的是悠闲自在的乡居生活，但这并不像"散发乘夕凉，开轩卧闲敞"那样无挂无碍，而是表现在一种行动当中。行动总是会给人不安定的感觉。这就不能不令人想到，作者出村舍，绕古城，转斜阳，或许是因为心有所结，需要到户外去排遣吧。那缓慢的步态，大概正是内心沉重的表现。

殷勤昨夜三更雨，又得浮生一日凉

最后两句，是画龙点睛之笔。词句的表面是说：天公倒还颇为殷勤，昨夜三更时分下过一场雨，使得我又度过了一天凉爽日子。

"殷勤"，犹言"多承"。细细品味，有作者的言外之意：有谁还想到我这贬谪之人呢？惟有天公还眷顾我。

《庄子·刻意》中有"其生若浮，其死若休"之句，原本是形容得道者虚无恬淡的状态。后人则往往用"浮生"形容人生飘忽、年华流逝，而事无所成。作者在"浮生"前着"又得"一词，既有对虚度时日的叹惋，又包含着对自身处境的调侃：既然命运如此，那就得过且过吧；能多一天"好"日子，也未尝不是件值得庆幸的事。这反映出作者当时真实的处境：抑郁不得志，心有不甘，却又无可奈何。

评 解

《鹧鸪天》词牌从律诗中来，在体式上与七律仍很相近。作者表现自然景物之精妙、对仗之精工亦丝毫不亚于律诗，因此此词常被人们推为苏轼"以诗入词"的代表作品之一。

但郑文焯《手批东坡乐府》说："渊明诗'啸傲东轩下，聊复得此生'。此词从陶诗中得来，逾觉清异，较'浮生半日闲'句，自是诗词异调。论者每谓坡公以诗笔入词，岂审音知言者！"他不同意此诗是"以诗笔入词"是有道理的。这首词与词性相通而与诗性相异之处在于：它对情感的表现方式含蓄委婉，不易觉察，需要用心去仔细体会。一般来说，诗的抒情达意是比较显豁的，倘若以读诗的方式读这首词，很可能就不太容易体味得出深藏在词句深处的微妙意味。

满庭芳

元丰七年四月一日，余将去黄移汝，留别雪堂邻里二三君子。会李仲览自江东来别，遂书以遗之。

归去来兮，吾归何处？万里家在岷峨。

百年强半，来日苦无多。

坐见黄州再闰，儿童尽、楚语吴歌。

山中友，鸡豚社酒，相劝老东坡。

云何？当此去，人生底事，来往如梭。

待闲看，秋风洛水清波。

好在堂前细柳，应念我，莫剪柔柯。

仍传语，江南父老，时与晒渔蓑。

《倚松坐石图》 近代·陈少梅

题 解

　　词前小序已将写作背景说得很明白，大意是说：元丰七年
（1084）四月一日，作者将离开黄州，移居汝州（今河南临汝），
向东坡雪堂的两三位邻居告别。恰好李仲览从江东来告别，于是写
了这首词赠他。

句 解

　　归去来兮，吾归何处？万里家在岷峨

　　归去呵归去，可我到哪里落脚？我的家远在万里，在那岷山
和峨眉山所在的地方。"归去来兮"，直接引自东晋陶渊明《归去
来辞》。陶写弃官归隐，苏轼也希望像他那样，却不可能，因为他
此时仍是戴罪之身，不得自由。"万里"一句不过是托辞。苏轼这
次由黄州改任汝州，罪名并未撤销，官职也仍是一个"不得签书公
事"的州团练副使，政治处境没有任何实质上的改善。如果说陶渊
明的"归去来兮"是在摆脱尘网樊笼后的悠然吟唱，作者此刻只能
是悲叹飘荡无依，有家难归。

　　百年强半，来日苦无多

　　人生百年已过了大半，我余下的日子不多了。韩愈《除官赴
阙至江州寄鄂岳李大夫》诗："年皆过半百，来日苦无多。"此用
其句。其时，苏轼四十八岁。"强半"，过半，大半。一个"苦"
字，流露出作者对生命空自流逝的惋惜之情，以及对眼下生命的珍

《卧游图》局部　明代·沈周

惜。这一句加深了失意思乡的感情氛围，是作者经历二十多年宦海生涯、尝尽人生苦味之后的慨叹。

坐见黄州再闰，儿童尽、楚语吴歌

我已在黄州经过了两次闰年，孩子们早学会了当地方言和歌谣。作者于元丰三年（1080）二月到黄州，元丰七年四月离开，历时四年多，其间过了两个闰年，故说"黄州再闰"。前面着一"坐"字，表明光阴虚度。黄州在战国时属于楚国，三国时属于吴国，故称当地语言为"楚语吴歌"。

山中友，鸡豚社酒，相劝老东坡

山中友人用猪肉、鸡、酒款待我，并劝我在黄州长住下来。"豚"，猪。"社酒"，春秋社日祭祀土神所用的酒。"老东坡"，终老于黄州东坡。作者将笔锋一转，抛开上文生命短促、人生无常的感叹，转而叙述起黄州山川人物。这几句承上启下，在技巧和章法上并无奇巧，却以真实感人的情绪和浑然天成的结构取胜，表现了作者与黄州父老之间纯真质朴的情谊、依依惜别的情怀。

云何？当此去，人生底事，来往如梭

对这次离别，我能说些什么呢？人生一世，为何要东奔西走，来往如梭？"云何？当此去"，正常语序为："当此去，云何？""底事"，何事。"人生底事"二句是黄州父老的问话，也是苏轼借他们之口自抒感慨。以下都是作者的答词。

对离开黄州一事，作者这里没有多说，但在《与王文甫书》中，说得很明白："前蒙恩量移汝州，比（近）欲乞依旧黄州住，细思罪

大责轻，君恩至厚，不可不奔赴……本意终老江湖，与公扁舟往来，而事与心违，何胜慨叹！计公闻之亦凄然也。"所谓"量移"，指的是被贬谪远方的官吏，遇赦酌情移近安置，并非平反复官。

待闲看，秋风洛水清波

等到了汝州，我要悠闲自在地欣赏秋风中洛水清波荡漾的景色。"洛水"，即洛河，源出陕西，经河南，流入黄河。汝州与洛河相去不远。

作者瞻望未来，表现出随缘自适的心理。一个"闲"字，将上阕哀思愁怀化开，全词一直徘徊低沉的气氛终于变得开朗起来。"秋风洛水"，化用贾岛"秋风吹渭水，落叶满长安"诗意，暗合作者渐趋明澈的心境。

好在堂前细柳，应念我，莫剪柔柯

这几句是作者对黄州父老的嘱托：雪堂前的柳树枝细叶嫩，请为我照管好，不要让人剪伐。"柯"，枝条。因为是朝廷命令，作者不得不去汝州，但他是很不情愿的。这几句是表示自己以后还要回来。

仍传语，江南父老，时与晒渔蓑

并请转告大江南岸的父老，经常为我晒晒打鱼时披戴的蓑衣。这些交代越是琐细，便越发表现出作者对黄州的感情。尾句收束全篇，与上阕所叙与黄州父老的纯真友情相呼应，于平直中见含蓄婉曲。"渔蓑"，在诗词中往往指隐逸江湖，过一种平静自由的生活。作者并不明说自己留恋黄州，而不舍之情、欲归之意已充溢于字里行间。

评 解

在这首词中，作者通过娓娓的叙事和抒情，抒发了人生失意、宦海浮沉的感慨，表达了对黄州的留恋之情。

这首词的语言十分质朴，感情却非常真挚。"将去"之叹，寄慨遥深，怨而不怒。"山中友"挽留之语，实际也是苏轼的自白。尤其是上下阕的后半，不但情致温厚，属辞雅逸，而且意象鲜明，含蓄委婉，是构成这个抒情佳篇的两个高潮。南宋周辉《清波杂志》论曰："居士词岂无去国怀乡之感，殊觉哀而不伤。"正宜于概括这首词的情感特征。

《西湖全景图》局部　清代·周尚文

八 声 甘 州

寄参寥子

有情风万里卷潮来，无情送潮归。

问钱塘江上，西兴浦口，几度斜晖？

不用思量今古，俯仰昔人非。

谁似东坡老，白首忘机。

记取西湖西畔，正春山好处，空翠烟霏。

算诗人相得，如我与君稀。

约他年、东还海道，愿谢公雅志莫相违。

西州路，不应回首，为我沾衣。

题 解

据胡仔《苕溪渔隐丛话·后集》记载："其词（即本篇）石刻
后，东坡自题云'元祐六年三月六日'。余以东坡年谱考之，元祐
四年知杭州，六年召为翰林学士承旨，则长短句盖此时作也。"

元丰八年（1085），哲宗即位，年仅十岁，由太皇太后听政。

《西湖全景图》局部 清代·周尚文

她起用旧党之人，十分器重苏轼，并多次提升他。苏轼坚持自己的政见，论事忠直，与旧党亦不能尽合，加以当时朝廷之内更有洛党、蜀党、朔党之争，苏轼对此感到十分厌倦，多次上书请求外任。元祐四年（1089）三月，苏轼得以就任杭州知州。两年后，又被召还朝，时年五十五岁。这首词就是当时所作，抒发了他历经坎坷后了悟人生的深沉感慨。

词题中提到的"参寥子"，即僧人道潜，以精深的道义和清新的文笔为人推崇，是苏轼平生交谊甚深的一位方外友人。

句 解

有情风万里卷潮来，无情送潮归

有情的风不远万里，把海潮卷来；转瞬之间，又无情地送潮而归。这两句表面上是说潮起潮落。初读之下，气象开阔，豪迈超拔；仔细吟味，却含有无限感慨苍凉之意。作者明知风为自然之物，潮起潮落，也不是风力所致，本无所谓"有情""无情"，而将其拟人化。这是借物言情，以抒己怀。既然刚来，为什么马上又归？既然"有情"如此，为什么又"无情"如斯？这里，隐寓着作者对人世间盛衰离合的感慨。他一生两度出仕杭州的宦海波澜，虽在言外，亦已在意中了。

这两句虽然写了"卷潮来"和"送潮归"两个方面，但却以"来"始，以"归"终，以"有情"始，以"无情"终，归根结底还是写其无"情"。

问钱塘江上，西兴浦口，几度斜晖

这三句以"问"字领起。"西兴"，在钱塘江南，今杭州市对岸，萧山之西。"几度斜晖"，即多少次看到残阳落照中的钱塘潮，有感叹之意。"斜晖"，一则承"潮归"，因落潮一般是在傍晚时分，二则古典诗歌中夕阳往往是与离情结合在一起的特殊意象。作者初任杭州通判，再出任知州，如今又复离去的沧桑往事，尽已纳入其中。

不用思量今古，俯仰昔人非

潮来潮去，日升日落，自然而然地带出作者对人世沧桑的感慨：不要去想古往今来的事情，转瞬之间，那些人事已成过眼云烟。王羲之在《兰亭集序》中云"向之所欣，俯仰之间，已为陈迹"，并发出"岂不痛哉"的叹惜。这里，苏轼对于古今变迁、人事代谢，一概置之度外，泰然处之。"俯仰"，一低头一抬头之间，形容时间短暂。

谁似东坡老，白首忘机

这两句飞扬超越而出，自叙超旷情怀：谁像我东坡老翁，白发苍苍，泯灭机心，恬淡无为？《庄子·天地篇》云："有机械者必有机事，有机事者必有机心。""机心"，指机诈权变的心计。"忘机"，则指泯灭机心，无意功名利禄，达到淡泊宁静的心境。

记取西湖西畔，正春山好处，空翠烟霏

记得西湖西畔，春山景美：天晴时，山色翠碧，明媚空远；阴雨时，烟雨霏霏，山色迷蒙。这三句是下半阕开头，作者另换一种

笔法，写记忆中难忘的西湖美景。同时，包含有与好友参寥同游共处的种种往事。

"春山"，一些较早的版本作"暮山"。从词境来看，以"春山"为更佳。因前面写钱塘江时已用"斜晖"，此处再用"暮山"，不免有犯重之嫌。何况"空翠烟霏"正是春山风光。

算诗人相得，如我与君稀

算来诗人情趣投合，如你我者太稀少了。苏轼与参寥皆心境淡泊，能诗善文。苏轼称赞参寥："诗句清绝，与林逋上下，而通了道义，见之令人萧然。"林逋是北宋初年著名的隐逸诗人。他喜爱种梅养鹤，人谓"梅妻鹤子"，其诗中最著名的两句是："疏影横斜水清浅，暗香浮动月黄昏。"参寥诗"禅心已作沾泥絮，肯逐春风上下狂"，亦妙趣横生，传诵一时。

更重要的是，参寥屡次在苏轼政治失意时给他以慰藉与支持。早在苏轼任徐州知州时，参寥就专程从余杭前去拜访。苏轼被贬黄州时，他又不远千里奔赴，相从数年。苏轼守杭，为参寥选择了一处寺庙，二人时有访谈赏游。后来，当苏轼贬谪岭南惠州时，参寥还打算往访。当时嫉苏者甚至"捃其诗语，谓有刺讥"，勒令其还俗。

约他年、东还海道，愿谢公雅志莫相违

"谢公"，指东晋人谢安。据《晋书·谢安传》所载，谢安为重臣，然而晚年东山归隐之志始终不渝。他出镇广陵，病危还京，经过西州门时，曾喟叹夙愿未偿。苏轼用谢安故事，表示他今日虽被召还朝，但必不忘归隐之志，今后亦将东还，与参寥相会。

西州路，不应回首，为我沾衣

这里仍是用谢安典故。谢安有一位外甥，名羊昙，素为谢安器重。谢安死后，羊昙悲伤不已，常常绕开西州之路。一次醉中无意走过西州门，仆人告诉他，他回首往事，痛哭而去。"西州"，古建业（今江苏南京）城门名。晋宋间建业为扬州刺史州治所，因为治事在城西，故称西州。这里作者是说自己要实现谢公退隐的愿望，不要使参寥像羊昙那样痛哭于西州。

参寥年纪小于苏轼，和"苏门四学士"之一的秦观相契，作者以谢安的外甥羊昙比喻他是合适的。然而这种生死相交的情感，作者不托之旁人而付于方外之友，可见其处境的孤寂与内心之怫郁，也进一步说明了二人的友情。

评 解

这首词以钱塘江潮喻人世的聚散离合，起势不凡。中间几度转折，既有对古今人事的感喟，又有对知交离别的伤感，最后抒发超然物外、归隐山水之志。反映的心境是复杂的：有人生不如意的悒郁，有兴会高昂的豪宕，更有了悟后的超逸旷远。

此词语言明净，音调铿锵响亮，读来气势恢宏，荡气回肠。郑文焯《手批东坡乐府》评赞说："突兀雪山，卷地而来，真似泉（钱）塘江上看潮时，添得此老心中数万甲兵，是何气象何雄且杰！妙在无一字豪宕，无一语险怪，又出以闲逸感喟之情，所谓骨重神寒，不食人间烟火气者。词境至此，观止矣！"金人元好问在《遗山文集》中说："自东坡一出，情性之外，不知有文字。"这首词正合此论。

蝶 恋 花

花褪残红青杏小，燕子飞时，绿水人家绕。
枝上柳绵吹又少，天涯何处无芳草！

墙里秋千墙外道，墙外行人，墙里佳人笑。
笑渐不闻声渐悄，多情却被无情恼。

题 解

蝶恋花，又名《鹊踏枝》《凤栖梧》。原为唐教坊曲，调名取
义梁简文帝"翻阶蛱蝶恋花情"句。双调，六十字。

这首《蝶恋花》作于何时已不可考，只知苏轼晚年贬官惠州期
间，曾叫随行的侍妾朝云歌唱。这首词在感叹春光易逝、佳人难得
中，表现出作者寂寞失意的惆怅。

《雍正十二月行乐图·三月赏桃》局部　清代·佚名

句 解

　　花褪残红青杏小，燕子飞时，绿水人家绕

　　词一开篇即呈现出暮春景色。作者的视线是从一棵杏树开始的：花儿已经凋谢，所余不多的红色也正在一点一点褪去，树枝上开始结出了幼小的青杏。"残红"，是说红花已所剩无几。着一"褪"字就深了一层，不但花少，且已褪色，感伤之情更浓。

　　睹暮春景色，抒伤春之情，是古诗词中常有之意。不过一般人写伤春意绪，总会把那种凄迷寥落之感表达到极致。苏轼则更多了一些旷达。有繁华就有衰落，有凋谢就有新生。他特别注意到初生的"青杏"，语气中透出怜惜和喜爱，有意识地冲淡了先前浓郁的伤感之情。

　　接着，作者将目光从一花一枝上移开，转向不远处更加开阔的地方。只见燕子掠着水面低飞，绿水环绕着人家的墙院。寥寥几笔，便勾画出春意未尽的乡村图景。飞动的燕子为画面增添了动态之美；"绿水人家"则带来了生活的气息，并为后文"墙里佳人"的出现作好了铺垫。

　　"绿水人家绕"中的"绕"字，有人以为应是"晓"。通读全词，并没有突出的景物表明这是清晨的景色，因而显得没有着落。而燕子绕舍而飞，绿水绕舍而流，行人绕舍而走，着一"绕"字，则非常真切。

　　枝上柳绵吹又少，天涯何处无芳草

　　这是词中最为人称道的两句。枝头上的柳絮随风远去，愈来愈少；普天之下，哪里没有青青芳草呢。"柳绵"，即柳絮。柳絮纷飞，春色将尽，固然让人伤感；而芳草青绿，又自是一番境界。苏轼的旷达于此可见。"天涯"一句，语本屈原《离骚》"何所独无芳草兮，尔何怀乎故宇"，是卜者灵氛劝屈原的话，其思想与苏轼在《定风波》中所说的"此心安处是吾乡"一致。

即便如此，这两句还是蕴含着许多的辛酸和悲哀。据《林下词谈》记载："子瞻在惠州，与朝云闲坐。时青女（霜神）初至，落木萧萧，凄然有悲秋之意，命朝云把大白，唱'花褪残红'。朝云歌喉将啭，泪满衣襟。子瞻诘其故，答曰：'奴所不能歌，是枝上柳绵吹又少，天涯何处无芳草也。'"联系当时苏轼的遭遇，这是颇耐人思索的。苏轼一生漂泊，最后竟被远谪到万里之遥的岭南。此时，他已人到晚年，遥望故乡，几近天涯。这境遇和随风飘飞的柳絮何其相似！

墙里秋千墙外道，墙外行人，墙里佳人笑

墙里有人荡秋千，墙外有条小道。墙外小道上走着行人，墙里飘来佳人清脆的欢笑。

作者在艺术处理上十分讲究藏与露的关系。这里，他只写露出墙头的秋千和佳人的笑声，其它则全部隐藏起来，让"行人"与读者去想象，在想象中产生无穷意味。

小词最忌词语重复，但这三句总共十六字，"墙里""墙外"分别重复，竟占去一半。而读来错落有致，耐人寻味。墙内是家，墙外是路；墙内有欢快的生活，年轻而富有朝气的生命；墙外是赶路的行人。行人的心情和神态如何，作者留下了空白。不过，在这无语之中，我们已感受到一种冷落寂寞。

　　笑渐不闻声渐悄，多情却被无情恼

　　也许是行人伫立良久，墙内佳人已经回到房间；也许是佳人玩乐依旧，而行人已渐渐走远。总之，佳人的笑声渐渐听不到了，四周显得静悄悄。但是行人的心却怎么也平静不下来。这里的"多情"与"无情"常被当爱情来解释，认为是行人心存爱慕之情，而佳人却根本不知。行人的"有情"遭遇佳人的"无情"，心中无可奈何，故十分烦恼。这俨然是一个单相思式的喜剧。

　　倘若这是作者目睹他人的遭遇，或许可以说是借爱情来写人生普遍存在的这样一种矛盾。但词中"行人"更接近作者自己的写照，其中"情"的内涵也是极其丰富的，绝不仅限于爱情。作者饱经沧桑，有惜春迟暮之情，有感怀身世之情，有思乡之情，有对年轻生命的向往之情，有报国之情，等等，的确可谓是"有情"之人；而佳人年轻单纯、无忧无虑，既没有伤春感时，也没有为人生际遇而烦恼，真可以说是"无情"。

　　作者发出如此深长的感慨，那"无情"之人究竟撩拨起他什么样的思绪呢？也许勾起他对美好年华的向往，也许是对君臣关系的类比和联想，也许倍增华年不再的感慨，也许是对人生哲理的一种思索和领悟……作者并未言明，却留下了丰富的空白，让读者去回味，去想象。

评 解

　　这首词将伤春之情表达得既深情缠绵又空灵蕴藉，情景交融，哀婉动人。清人王士禛《花草蒙拾》称赞道："'枝上柳绵'，恐屯田（柳永）缘情绮靡未必能过。孰谓坡但解作'大江东去'耶？"这个评价是中肯的。苏轼除写豪放风格的词以外，还写了大量的婉约词。他的婉约词同样有劲气流动，不同于花间词的软弱。

词中包蕴的意趣亦为词家推重。《古今词话》说此词写行人多情与佳人无情，"极有理趣"。所谓"物自无情而人自多情"，这是人生中非常普遍的现象。还有人评价它富有"禅趣"。那阻隔有情与无情沟通的，不仅仅是绿水环绕的围墙，而更是人们的"心墙"。

作者一生虽历经坎坷，仍"多情"地追求理想，执着人生，可是却被"无情"所恼。这正说明他对待生活的态度——不忘情于现实世界。他在这首词中所流露出的伤感，正是基于对现实人生的热爱。

阮 郎 归

初夏

绿槐高柳咽新蝉，薰风初入弦。

碧纱窗下水沉烟，棋声惊昼眠。

微雨过，小荷翻，榴花开欲燃。

玉盆纤手弄清泉，琼珠碎却圆。

题 解

　　这首词描写的是一位少女的闺阁生活。天真的少女、初夏时节富有生气的景物，构成一种和谐灵动的情调，使这首词充满美好的青春气息，淡雅清新而又富于生活情趣。

《调琴啜茗图》局部 唐代·周昉

句 解

绿槐高柳咽新蝉，薰风初入弦

词一开头就描绘出初夏景色。室外，绿意浓浓的槐树、高大的柳树，拥出一片阴凉；隐在树叶间的新蝉，鸣声暂停，让人感到格外的静谧。室内，微风吹来，仿佛拨动着琴弦。这一切是多么的恬适！"咽"，阻塞，这里意思是停止。"薰风"，即和暖的南风。"入弦"，拂动琴弦。

作者抓住富有特征的景物，分别诉诸视觉、听觉和触觉，使初夏的到来鲜明而真切。

碧纱窗下水沉烟，棋声惊昼眠

"水沉"，即沉香，又叫"沉水香"。这一句是说，碧纱窗下，香炉中升腾着沉香的袅袅轻烟。女主人公正在午睡，不知什么时候，她被棋子落盘的声音惊醒。棋声本小，但能"惊昼眠"，无非是突出夏日午后的静谧。这两句中，燃香、下棋、昼眠，分别烘托出清静、闲逸、安适的气氛。

微雨过，小荷翻，榴花开欲燃

女主人公午睡乍醒后，走到窗前，看到了另一番园池夏景。池中，小荷已经长成，看上去盈盈娇嫩；只是不久前下过一场小雨，微风把荷叶翻转。庭院里，石榴花开得茂盛，它的颜色本就鲜红，此时经过雨水一洗，更是红得像火焰。

下阕，作者从以景物为主、人物为辅转而以女主人公为中心，写她尽情地领略和享受初夏时节的美景。作者将自己隐藏在纸外，完全通过少女的眼睛去看世界。她所看到的荷叶正俏皮地翻转着，或许因为这位少女的性格中本有顽皮乐观的因素；而火红的石榴花，或许正象征着她年轻的生命力！

玉盆纤手弄清泉，琼珠碎却圆

这美景，这生机，大概使少女陶醉了。她端起漂亮的玉盆，走到清泉池边，玩起水来。水花散溅开去，就像珍珠那样圆润晶亮！这一细节描写表现出女主人公天真、顽皮、无忧无虑的青春特征。一说"玉盆"指荷叶，"琼珠"则指荷叶上的水珠。

评 解

与很多写女性的闺情词不同，作者没有写相思、孤闷、慵倦等愁情，而是传达出一种单纯的、健康的愉悦之情，青春的张力透纸而出。俞陛云《唐五代两宋词选释》评论说："写闺情而不着妍辞，不作情语，自有一种闲雅之趣。"

全词将景物描写和人物描写结合运用，景中含情。作者采用反面落笔的手法，上阕写静美，而从听觉入手，以声响状环境之寂。下阕写动美，却从视觉落笔，用一幅幅无声的画面来展示自然的生机以及女主人公的青春活力。沈雄《古今词话》评论说："观者叹服其八句状八景。音律一同，殊不散乱。"作者跳跃性地铺叙景物，将众多的景物以情系之，故散而不乱，浑然一体，收到了很好的艺术效果。

和子由渑池怀旧

人生到处知何似？应似飞鸿踏雪泥。

泥上偶然留指爪，鸿飞那复计东西。

老僧已死成新塔，坏壁无由见旧题。

往日崎岖还记否，路长人困蹇驴嘶。

题 解

嘉祐元年（1056），苏轼、苏辙兄弟进京赴考，路过渑池（今河南渑池县西）时，曾在县中寺庙内借宿，并在室内壁上题诗。嘉祐六年（1061），苏轼被派到凤翔府（今陕西凤翔）任职。十一月，兄弟二人在郑州分手。苏辙作《怀渑池寄子瞻兄》一诗。当苏轼路过渑池旧地重游时，当年寺中的奉闲和尚已经去世，壁上的题诗也荡然无存。苏轼写下此诗，作为苏辙一诗的应和。诗题中的"和"，即唱和，作答。"子由"，苏辙的字。

《湖亭望雁图》局部　近代·吴琴木

句 解

人生到处知何似? 应似飞鸿踏雪泥

人生在世,漂泊不定,像是什么样子呢?就像是飞来飞去的鸿雁一般,偶然在雪地上停留片刻。诗一开始就发出感喟,有发人深思、引人入胜的作用,并挑起下联的议论。

泥上偶然留指爪,鸿飞那复计东西

当飞鸿远去之后,除了在雪泥上偶然留下几处爪痕之外,又有谁会管它是要向东还是往西呢。

作者结合生活中的情景发出对人生的见解。用雪泥、鸿爪作喻,较之一般叙事文字直叙人生飘泊不定、匆匆无常要形象、蕴藉得多。根据清人查慎行《苏诗补注》记载,这个比喻是化用《景德传灯录》中天衣义怀禅师的话:"雁过长空,影沉寒水,雁无遗迹之意,水无留影之心。"苏轼的比喻非常生动、深刻,在宋代即被人称道,并被作为诗人"长于譬喻"的例证之一。"雪泥鸿爪"这个成语也就一直流传至今。

前四句不但理趣十足,从写作手法上来看,也颇有特色。纪昀评道:"前四句单行入律,唐人旧格;而意境恣逸,则东坡之本色。"

老僧已死成新塔,坏壁无由见旧题

当年相交的老僧奉闲如今已经故去,只空余墓塔一座;庙里的墙壁也残破不堪,已经看不见我们曾经题写的诗句了。"老僧",

指奉闲。僧人死后不用墓葬，一般是火化后造一小塔以藏其骨灰，故谓"成新塔"。

作者如揭谜题，点明了首联"雪泥鸿爪"感叹的由来，透出无可奈何的惆怅。自从上次赴考经过，如今才过六载，已经人事俱非。人生真是太短促、太无常了。这不正像飞鸿踏过雪泥，偶然地留下一些爪痕，很快便消逝无踪么？

这一联通写诗人具体的所见与回忆。按普通的七律章法，应当先写所见，然后回忆，然后才进行议论。但诗人没有这样布局，而是几乎颠倒了过来，开始就笔锋突起、重笔慨叹，而将所见、所忆放在后半部分，以具体事加重了全诗的黯然感，然而同时可供读者思考的余地也相对变窄了。

往日崎岖还记否，路长人困蹇驴嘶

还记得当年么，你我相伴进京赶考，道路是那样的崎岖。马死了，路途是那么遥远，人又那么疲倦。我们只得骑着瘦弱的小毛驴，它也累得叫个不停。这两句作者自注云："往岁马死于二陵，骑驴至渑池。""二陵"，指崤山，在渑池县西。"蹇驴"，跛足驴。这里不一定实指，它与病驴、疲驴同义。

尾联是针对苏辙原诗"遥想独游佳味少，无言骓马但鸣嘶"而引发的往事追溯。虽然逝者如斯，但毕竟是人生的一种历练，有很多东西值得回味，于人的精神也是一种激励。纵使路途艰难，到底一步步走过来了，而且也总是要向前迈进的。在这首早期作品中，诗人内心强大、达观的人生底蕴已经得到了展示。

评 解

　　这首诗是借怀旧之题，抒发作者的人生感慨。作者善于把自己的身世际遇、悲愁感兴，巧妙地结合到诗歌的形象中去，从而揭示出某种哲理，给人启迪。虽然诗中关于人生渺小、短促之类的感慨，有消极意味，但被作者在作品中流露出的眷念人生的深情冲淡了，体现出作者独特的性格、情趣及精神面貌。

　　这首诗在语言运用上讲究含蓄、蕴藉。虽然是以议论入诗，但是诗人抛却抽象的概念，借用鲜明生动的形象，以其所长的比喻阐发人生哲理。言近旨远，耐人寻味。

《西湖全景图》局部　清代·周尚文

饮湖上初晴后雨

水光潋滟晴方好，

山色空濛雨亦奇。

欲把西湖比西子，

淡妆浓抹总相宜。

题 解

　　苏轼曾两次在杭州做官。第一次是宋神宗熙宁四年（1071），任杭州通判。第二次是元祐四年（1089），任知州。杭州美丽的湖光山色冲淡了苏轼内心的烦恼和抑郁，也唤醒了他内心深处对大自然的热爱。初到杭州，他便情不自禁地赋诗道："未成小隐聊中隐，可得长闲胜暂闲。我本无家更安往，故乡无此好湖山。"这"湖山"，应该首推江南韵味最浓、人文气质尤胜的西湖吧。

　　西湖的胜景美名，与苏轼分不开。任知州期间，为解决西湖淤塞的问题，他主持了疏浚整治工程，以淤泥水草筑堤，堤旁遍种花木；

《西湖全景图》局部　清代·周尚文

一到春季，桃红柳绿，莺飞草长，晓雾景韵尤其动人。这条堤后来就被称为苏堤，又叫苏公堤。"苏堤春晓"亦被誉为西湖十景之首。

苏轼写下了许多有关杭州和西湖的诗篇，这首《饮湖上初晴后雨》作于宋神宗熙宁六年（1073）。

句 解

水光潋滟晴方好，山色空濛雨亦奇

从诗题可知，诗人在西湖饮酒游赏，开始时阳光明丽，后来下起了雨。两种不同的景致，让他都很欣赏。他说：天晴之时，西湖碧水荡漾，波光粼粼，风景正好；下雨时，西湖周围的青山，迷蒙苍茫，若有若无，又显出另一番奇妙景致。"潋滟"，波光闪动。"空濛"，烟雨迷茫。这两个词都是叠韵词，增强了诗歌语言的音乐性。

这里，诗人既写了湖光，又写了山色；既有晴和之景，又有雨天之韵，可以说内容是很多的。但从另一个角度看，又很笼统，因为这两句并非只适用于西湖。其实，这正是诗人笔法高妙之处。西湖很美，但究竟美在哪里，怎样美法，恐怕没人说得清。如果具体地描绘景物，可能会有个别精彩之句，但总失之太实、太具体，不能传达出西湖给人的整体印象。苏轼这两句有高度的艺术概括性，同时又很形象、很传神，想象空间很大，将"西湖即是美"这一人们共有的感受用诗的语言表述出来。同时，这两句也反映出诗人开阔的胸襟与达观自适的性情。

欲把西湖比西子，淡妆浓抹总相宜

"西子"即西施，春秋时越国有名的美女。无论是淡雅妆饰，还是盛装打扮，西施都一样美丽动人；如果把西湖比作西施的话，那么不管是晴是雨，是冬是春，它都同样美不胜收。

以绝色美人喻西湖，不仅赋予西湖之美以生命，而且新奇别致，情味隽永。人人皆知西施是个美女，但究竟是怎样的美丽，却只存在于个人心中。而西湖的美景不也是如此吗？采用这样的手法，比起直接去描写，不知要节约多少笔墨，而它的寓意却丰富深刻得多。它对读者不只诉之于感受，同时也诉之于思考，让读者通过自己的想象去发挥诗的内涵。这一出色的比喻，被宋人称为"道尽西湖好处"的佳句，以至于"西子湖"成了西湖的别名。也难怪后来的诗人为之搁笔："除却淡妆浓抹句，更将何语比西湖？"（宋人武衍《正月二日泛舟湖上》）

评 解

这首诗概括性很强，它不是描写西湖的一处之景、一时之景，而是对西湖美景的全面感受。这首诗的流传，也使西湖的景色增添了光彩。

苏轼是林语堂非常喜欢的一位诗人。关于这首诗，林在《苏东坡传》中说："西湖的诗情画意，非苏东坡的诗思不足以极其妙；苏东坡的诗思，非遇西湖的诗情画意不足尽其才……诗人能在寥寥四行诗句中表现此地的精粹、气象、美丽，也颇不简单……公认为表现西湖最好的诗，就是苏东坡写西湖的这一首。"

题 西 林 壁

横看成岭侧成峰，
远近高低各不同。
不识庐山真面目，
只缘身在此山中。

题 解

西林，即西林寺，在江西庐山上。《题西林壁》就是题写在西林寺墙壁上的诗。

元丰七年（1084）五月，苏轼由黄州改迁汝州团练副使，特地取道游庐山。刚入庐山的时候，他曾写过一首五言小诗："青山若无素，偃蹇不相亲。要识庐山面，他年是故人。"他很风趣地说，第一次见到庐山，好像遇到一位高傲的陌生人；要想和他混熟，今后就得常来常往。他"往来山南北十余日"，最后写出这篇歌咏庐山的名篇。

《仿唐寅溪山晴霭图》局部　清代·王翚

句 解

横看成岭侧成峰，远近高低各不同

庐山是座丘壑纵横、峰峦起伏的大山，游人所处位置不同，看到的风景也就各不一样。这两句概括而形象地写出了步移景异、姿态万千的庐山景色。意思是，横望庐山，山岭逶迤，连绵不绝；侧看庐山，奇峰突起，峻峭挺拔。无论是远处观望，近处细看，还是高处俯视，低处仰观，所见景象全然不同。

不识庐山真面目，只缘身在此山中

苏轼并没有像其他诗人那样仅仅止于惊叹和迷惘，而是进一步地思索：我之所以看不清庐山的真实面目，是因为身在山中，所见只是一峰一岭一丘一壑等局部景致而已，而未能超然庐山之外统观全貌。

这两句是谈游山的体会，即景说理，有着丰富的内涵：由于人们所处的位置不同，看问题的出发点不同，对客观事物的认识难免有一定的片面性；要认识事物的真相与全貌，必须超越狭小的范围，摆脱主观成见。结尾二句，奇思妙发，整个意境浑然托出，为读者提供了一个回味经验、发人深思的空间。

评 解

清赵翼评《题西林壁》时说："庐山名作如林，若再实做，断难出色。坡公想落天外，巧于以偏师取胜。"苏轼的这首诗妙在不在写景上与前人一分高下，而是以意理胜出，道前人所未道之理，给人以耳目一新的感觉。

这首诗寓意十分深刻，但诗人不是抽象地发议论，而是深入浅出，生动有趣。这正是苏诗的一种特色。苏轼写诗，全无雕琢习气。诗人所追求的是用一种质朴无华、晓畅流利的语言表现一种清新的、前人未曾道的意境；而这意境又不时闪烁着哲理之光。从这首诗来看，语言的表述是简明的，其内涵却是丰富的。诗人概括地描绘了庐山的形象特征，紧紧扣住游山谈出自己独特的感受，指出看山不得要领的道理。鲜明的感性与明晰的理性交织一起，互为因果，故而亲切自然，耐人寻味。

惠崇春江晚景

竹外桃花三两枝，

春江水暖鸭先知。

蒌蒿满地芦芽短，

正是河豚欲上时。

题 解

　　这是一首题画诗，是苏轼元丰八年（1085）于汴京所作。原诗共两首，这里选的是第一首。惠崇是宋朝著名的画家、僧人，即欧阳修所谓"九僧"之一。他能诗善画，特别是画鹅、雁、鹭鸶、小景尤为拿手。《春江晚景》是他的名作。苏轼根据画意，妙笔生花，寥寥几笔，就勾勒出一幅生机勃勃的早春二月景象。

《梅石溪凫图》局部　宋代·马远

句 解

竹外桃花三两枝

这是一派和煦的风光：隔着疏落的翠竹望去，几枝桃花摇曳生姿。桃竹相衬，红绿掩映，春意格外惹人。这虽然只是简单一句，却透出很多信息。首先，它显示出竹林的稀疏，要是细密，就无法见到桃花了。其次，它表明季节，点出了一个"早"字。春寒刚过，还不是桃花怒放之时，但春天的无限生机和潜力，已经透露出来。

春江水暖鸭先知

一江春水中，鸭儿在嬉戏；江水回暖的讯息，它们首先感知到了。

鸭知水暖，光凭画是体现不出来的，诗却表达出来了。其实岂是鸭子先知水暖？一切水族之物，皆知冷暖。诗人这样写是为切合画上风物，实际上也是表达他对春天到来的喜悦和礼赞。唐人有"花间觅路鸟先知"的诗句，与此句异曲同工。这句诗极富哲理，现在我们指某一新的情况或消息被人预先知道时，便往往引用这一句。

蒌蒿满地芦芽短

万物逢春气象新。江边，生长茂盛的蒌蒿铺满了地面，芦苇也抽出了短短的嫩芽来。"蒌蒿"，一种野菜，春天生长。这七字不是泛泛地吟咏景物，而是诗人通过细致的观察贴切地实写出这两种植物的情态，没有一字是闲笔。清人王士禛在《渔洋诗话》中赞赏这句诗说："坡诗……非但风韵之妙，亦如梅圣俞之'春洲生荻芽，春岸飞杨花'，无一字泛设也。"

正是河豚欲上时

"河豚"，鱼名，味美而有毒。春江水发，河豚即溯流而上，量多而且最为肥美。宋诗人梅尧臣描写这种景象云："河豚当是时，贵不数鱼虾。"诗的前三句是描写惠崇画里的景物，这最后一句则是即景生情的联想。作者这样写就把整个画面勾勒得更为完美了，给人以严冬已尽、春到人间的喜悦。作者不仅入乎画内，而且出乎画外，把画上所无而情理中所有的事物呈现出来。如果诗的全部四句均是景物白描，则形式上未免有些呆板。最后一句的处理，不但使全诗灵动鲜活，也使诗和画的意境都被大大地丰富了。

评 解

惠崇原画已佚，这首诗有的版本题作《春江晓景》，现已无从考证。

画以鲜明的形象，使人有具体的视觉感受，但它只能表现一个特定的画面，有一定的局限性。而一首好诗，虽无可视的图像，却能用形象的语言，吸引读者进入一个通过诗人独特构思而形成的美的意境，以弥补某些画面所不能表现的东西。

这首题画诗既保留了画面的形象美，也发挥了诗的长处。诗人用他饶有风味、虚实相间的笔墨，将原画所描绘的春色展现得那样令人神往。在根据画面进行描写的同时，苏轼又有新的构思，从而使得画中的优美形象更富有诗的感情和引人入胜的意境。

六月二十日夜渡海

参横斗转欲三更，苦雨终风也解晴。

云散月明谁点缀？天容海色本澄清。

空余鲁叟乘桴意，粗识轩辕奏乐声。

九死南荒吾不恨，兹游奇绝冠平生。

题 解

　　苏轼晚年受政敌的迫害，被贬至海南儋州，元符三年（1100）遇赦召还。诗人北归途经琼州海峡时，连日的风雨突然停止，云散月明，一派蓝天碧海景象。诗人有感而发，写下了这首诗。他将自己被贬谪海南视为一次"奇绝"的经历，通过比拟，形象描绘了当时的政治形势，寄寓了诗人坚持操守、不随波逐流的人生态度，以及豁达乐观的情怀。

《山水图》局部　宋代·夏圭

句 解

参横斗转欲三更，苦雨终风也解晴

参星横斜在天空上，北斗星已转移得很低，夜已接近三更。连绵的阴雨、成天刮个不停的大风现在已经停止，天空终于放了晴。

"参""斗"，星名，都属二十八宿之一。"终风"，《毛诗传》谓"终日风为终风"。诗人回想着刚刚结束的久风霾雨的恶劣天气，难免联想起自己晚年的政治遭遇。他屡次被贬，而且越贬越远，最后到了海南。这几乎是当时中国最南、最偏远的蛮荒之地了，诗人的遭遇真可谓"苦雨终风"。好在现在终于有了转机。因此，首句既是写诗人在船上所见，同时包含着三更过后迎来黎明的意思。"也解"两字，表达了久雨遇晴的喜悦心情，也暗示自己所遭遇的政治阴霾即将过去。

云散月明谁点缀？天容海色本澄清

夜空下云翳散尽，一轮明月又有什么在点缀呢？这青天和碧海本来就是澄清明净的啊。

这两句写风雨过后的夜景，而寄托深远。《世说新语·言语篇》："司马太傅斋中夜坐，于时天月明净，都无纤翳，太傅叹为佳。谢景重在坐，答曰：'意谓乃不如微云点缀。'太傅因戏谢曰：'卿居心不静，乃复强欲滓秽太清邪？'"作者暗用其意，表明自己的心性如同皓月般皎洁，如同青天碧海般明澈；而政敌的诬陷攻击则如同蔽月的浮云、连绵的风雨，早晚终会消散。

前面这四句诗，在叙述中夹杂比喻，写得委婉自然，富有感染力。作者高明的地方，是善于运用形象而准确的语言来捕捉眼前的景物，展示自己的内心世界，使得意与象合，情与景合。正如纪昀所评："前半纯是比体，如此措辞，自无痕迹。"

空余鲁叟乘桴意，粗识轩辕奏乐声

"鲁叟"，指孔子，因为他是春秋鲁国人。陶渊明在饮酒诗中称他为"汲汲鲁中叟"。"桴"，竹或木做成的筏子。《论语·公冶长》记载，孔子失意时曾说："道不行，乘桴浮于海。" 意思是，政治主张行不通就算了，可以乘坐木筏漂到海上去。苏轼表达了同孔子一样的意愿，同时表明自己遭际坎坷，虽然渡海居琼，这个愿望却和孔子一样未能实现。"轩辕"，指黄帝。《庄子·天运》中记载，黄帝曾在洞庭湖边上演奏《咸池》乐曲，并借着音乐说了一番道理。诗人在这里用来形容海涛的声音，并隐含自己所领悟到的忘得失、齐荣辱的哲理。

诗人欣然感悟到了深邃的人生哲理，在屡经政治风浪、世态炎凉之后，对于自己的感悟，却只称"粗识"，我们可窥见他那平和澄澈、宠辱不惊的心态。

九死南荒吾不恨，兹游奇绝冠平生

我在这僻远的南荒之地历尽磨难，纵使九死一生，也无所悔恨，因为这次南游实在是平生最奇妙的经历啊。

"南荒"，指当时尚未开化的海南。"兹游"，即这次游历。实际上，对贬谪海南这件事，诗人当初是曾经"有恨"的。他在《儋耳》诗中说："残年饱饭东坡老，一壑能专万事灰。"刚到海南的时候，一想到今生将要老死这里，诗人就万念俱灰。后来，在领略到海南的自然美景、淳朴风情后，在对人生有了更多的体验之后，他开始以一种欣赏的眼光和顺其自然的心态对待这一切。这在《食荔枝》《纵笔》《山村》等诗中均可见。他甚至有些幽默地说："余生欲老海南村！"等到这次渡海北归，诗人更是表现出超脱之情。

在接下来经过江西郁孤台的时候，他又一次写道："吾生如寄耳，岭海亦闲游。"（《郁孤台》）不幸的放逐在诗人看来只是一次"闲游"，其豁达乐观、百折不挠的精神确实超出常人。难怪这首诗传到内地，有人责怪苏轼这两句诗是"无省愆之意"，若被朝廷知道就不会被召回了。

评 解

这首诗是苏轼最后留下的作品之一。作者借由一次夜渡大海的经历，展现出老而弥坚的性格和旷达的襟怀。全诗前半铺叙景色，融情入景，借景写情；后半议古论今，含而不露，寄意遥深。首颔两联句句双关，将自己在政治斗争中始终清白自持、最后终于履险如夷的经历同自然界的气候变幻结合无痕。颈联则宕开笔墨，直抒胸臆，坦陈自己在政治风云中忘得失、齐荣辱的情怀。最后一联更是他屡经风波、年纪虽老而骨气不衰的倔傲性格的写照。

这首诗蕴含着强烈的感人力量。豁达乐观、百折不挠、幽默诙谐，是苏轼性格中最吸引人的地方。苏辙曾称苏轼晚年所写的诗是："精深华妙，不见老人衰惫之气。"的确如此。苏轼的作品总能陶冶一代又一代读者的情操，激励他们的意志，唤起他们对美好人生的向往和追求。